赴国难

GONGFU
GUONAN

林小静 著

山西出版传媒集团 山西人民出版社

图书在版编目（CIP）数据

共赴国难 / 林小静著. — 太原：山西人民出版社，
2025.4. — ISBN 978-7-203-13946-1

Ⅰ. I25

中国国家版本馆CIP数据核字第2025KU0209号

共赴国难

著　　者：林小静
插　　画：吕　敏
策　　划：武　静
责任编辑：吕绘元
复　　审：刘小玲
终　　审：梁晋华
装帧设计：张永文
书名题字：吴永生

出 版 者：山西出版传媒集团·山西人民出版社
地　　址：太原市建设南路21号
邮　　编：030012
发行营销：0351-4922220　4955996　4956039　4922127（传真）
天猫官网：https://sxrmcbs.tmall.com　电话：0351-4922159
E - mail：sxskcb@163.com　发行部
　　　　　sxskcb@126.com　总编室
网　　址：www.sxskcb.com

经 销 者：山西出版传媒集团·山西人民出版社
承 印 厂：山西出版传媒集团·山西人民印刷有限责任公司

开　　本：720mm×1020mm　　1/16
印　　张：10.75
字　　数：150千字
版　　次：2025年4月　第1版
印　　次：2025年4月　第1次印刷
书　　号：ISBN 978-7-203-13946-1
定　　价：80.00元

如有印装质量问题请与本社联系调换

谨将此书献给

在国难当头之际挺身而出的铁路工人！

愿他们在文字中永生（代序）

完成这本书是在一个秋日，窗外几株大树上的落叶，正随着秋风，深情地扑向大地。

那一片片落叶，让我联想起书中一个个模糊而又清晰的背影。他们曾经是那么年轻、那么坚决、那么果敢，即便已经过去了80多年，他们的故事依旧那么动人心魄。

轻轻合上书稿的那一刻，我的脑海里不由得冒出了一句话：愿他们在文字中永生。

永生的，不是生命，而是精神。

我的思绪回到了6年前。那一年，我去太原机务段的一位退休老同志家采访。老人名叫高国柱，20世纪50年代他和工友告别家人，从太原出发，去内蒙古支援集二铁路建设，我要采访的正是那段往事。

老人虽已90多岁，但思维敏捷，也很健谈。在交谈中，他除了给我讲述了他和工友去集二铁路、在赛汗塔拉机务段工作的经历外，还为我讲述了抗日战争时期他和工友如何运送八路军将士到平型关和娘子关战场，以及山西沦陷后，他们又是如何破袭铁路、传递情报的故事，我当时没有太多关注他讲的这段历史，因为在此之前，我从来没有在史料中看到过山西铁路工人与抗战有关联的记录。后来，我又遇到一位老同志的后人，他说他的父亲就是把第一批从陕西东渡黄河来到山西的八路军，也就是后来在平型关战役中取得大捷的115师运到平型关的火车司机，我这时依旧将信将疑。大概又过了一年，一位在长治从事文史资料整理的老师拿着公函找到我所在的太原铁路局，希望能调阅几位已经去世老同志的档案，我当时恰巧在档案室，看到他纸上写的一串串名单，就好奇地问他调阅这些老同志的档案做什么。他说名单上的这些铁路工人，抗战期间在长治一带的铁路上都从事了地下工作，给太岳、太行两大革命根据地提供了许多情报，送去了许多物资，有的同志还因此惨遭敌人杀害。长治武乡的南关火车站，就有不少工人因参与侦察敌人兵力运输、弹药存放等任务和情报传送工作，并配合八路军一次次袭击火车站而被敌人抓捕、杀害。

众所周知，长治武乡当时是八路军总部长期驻扎地，在那片土地上曾发生过许多重要的战斗和战役，因此听了那位老师的话后，我很是吃惊，原来山西铁路工人参与了抗战，并做出了巨大牺牲。于是，我又去找高国柱老人，想让他给我详细讲讲当时的情况，但遗憾的是，高国柱老人已经去世，而且经过了解，当年与他一起参与抗战的同事，也都不在人世了。我很是后悔，甚至自责，为什么当时没有关注老人讲的这段抗战经历，他和他的同事当年是怎么把八路军送到前线，又是如何破袭铁路、炸毁敌人列车、传递情报的？除了南关火车站的工人，还有哪些工人也牺牲在了敌人的枪口下？

我想解开这一个个谜团，因为这些谜团的背后，是铁路工人崇高的追求与信仰。

于是，我先去了一趟武乡，来到当地政府在南关火车站遗址附近建起的一座英烈碑前，碑上刻着当年惨遭敌人杀害的先辈名字。

昌源河哗哗地向北流淌，不远处废弃的铁路大桥上，弹孔清晰可见。那是80多年前武乡军民抗击日军的见证，而守护破碎山河、奋勇反抗侵略者的人群中，就有铁路工人的身影。

我在路边的草丛中，采了一大捧野菊花，恭敬地放在英烈碑前，然后久久沉思。

一阵微风吹过，旁边的树木和庄稼沙沙作响，像是在低语着什么。我在这沙沙声中思考一个问题：我能为他们，以及那些远去的前辈做点什么？

答案，很快便有了。因为唯有文字，可以让曾经年轻、坚决、果敢的他们重回我们的视线，让我们和他们进行一场跨越时空的交流。

回来后，我有针对性地查阅了一些老同志的档案，购买了八路军三大主力抗战纪实系列书籍，又到山西省委党史研究院查阅了大量史料，在朱德、彭德怀、邓小平、刘伯承等老一辈无产阶级革命家的回忆录中寻找线索，并走访了一些老同志的后人。

线索越来越多，在一些资料中，我看到铁路工人为了阻止敌人的步伐，被迫炸毁自己亲手修建起来的铁路大桥时悲伤、不舍、痛哭的情景；看到他们在前无去路、后有追兵的情况下，心中无比悲愤与胸中燃烧着熊熊怒火，将抢救和转移到黄河岸边的机车、车辆及铁路器材投入滚滚黄河中的记录；看到他们在平型关战役中前仆后继，倒下去一个，站起来一群，紧急运送八路军的身影。同时，还看到他们在百团大战中配合八路军破袭铁路的文字记载，甚至在美国记者艾格尼丝·史沫特莱的一篇日记中也看到了铁路工人在敌人即将逼近车站，仍坚持转运伤员和部队的身影。

铁路工人的英勇往事，渐渐清晰起来，在这个基础上，我开始进行创作。

这样的创作虽十分辛苦，但非常值得。

我想用这本书，告慰那些在国难当头之际，挺身而出的铁路前辈。他们，是我们永远的榜样。

愿他们在文字中永生。

林小静

写于 2025 年初春

目　录

一、引子

1937 年小暑之日，中华大地突然传出一声惊雷，只是这雷声，并非来自天空。

那是来自宛平城外的一声枪响。

1937 年 7 月 7 日，酷热笼罩着宛平城。晚上，驻扎在丰台的日军，从兵营开拔到龙王庙，继而在宛平城外的卢沟桥北畔进行了一场以攻取卢沟桥为假想目标的军事演习。

演习结束已是深夜，这时，日军称一名士兵在演习中失踪，要求进入宛平城内搜查。驻守宛平城的中国军队，拒绝了日军的这一要求。

4 个多小时后，日军向宛平城发起攻击。

刺耳的枪声，划破了宁静的夜空。高悬的残月，隐遁在乌云之中。

卢沟桥事变爆发，消息传出，举国震惊。在此之前，日军已相继控制了北平城东、城南、城北，位于城西的卢沟桥成了北平对外的唯一通道，且平汉、平绥、北宁铁路在此交会，所以卢沟桥的重要性和军事战略地位不言而喻。

事变第二天，延安率先发出抗战宣言。

延安，中共中央机关所在地。

延安的抗战宣言，是中国共产党的振臂高呼！

8月25日，中共中央革命军事委员会宣布将红一、红二、红四方面军和陕北红军等部改编为八路军，将红军前敌总指挥部改为八路军总指挥部，出兵山西。

山西地处黄土高原，素有华北屋脊之称，从这里往东可达伪满洲国境，往西可连接陕甘宁，往南可驰骋黄淮江汉，往北可挺进蒙古草原，因此山西重要的战略位置，成为日军侵占的首选之地。

但山西的地形条件又极其复杂，境内的太行山、吕梁山、管涔山、五台山、恒山等群山连绵，沟壑纵横，丘陵起伏，易守难攻，飞机、大炮、坦克等重型兵器的使用大大受限，为八路军迎击日军及开展游击战提供了有利条件。

此时的山西，已成为全国抗日救亡运动声势最大、动员民众抗日最广泛的特殊地区，因为抗日战争全面爆发后，随着中共中央北方局从北平移驻太原及山西牺盟会的蓬勃发展，山西，北平、天津、上海、河南、湖北等 22 个省市的爱国青年及大批共产党员和抗日进步人士成批涌向山西。就连一名南斯拉夫留学生，也与北平和天津的学生一起来到山西，他说他的朋友和同志都是中国人，所以他自愿拿起武器保卫中国，并愿意献出自己的一切。

占领平津后的日军，正气势汹汹朝河北、山西而来，并扬言"一个月拿下山西全省，三个月灭亡全中国"。为应对这一局势，刚完成改编的八路军即刻出征，奔赴山西抗日前线。

随着八路军三大主力陆续从陕西出发，黄河对岸的山西铁路工人也做好了准备，他们将在接下来的腥风血雨中，承担起运送抗日将士的任务，并与这些将士共同走向炮火纷飞的战场。

二、铁流奔涌

卢沟桥事变爆发前，山西境内共有 3 条铁路：第一条是 1906 年从娘子关进入山西的正太铁路，第二条是京张铁路向西延伸、1911 年从山西北部大同地区通往绥远的京绥铁路，第三条是 1933 年开工建设贯穿山西南北的同蒲铁路。

这 3 条铁路的工人，也是山西境内最早接受马克思主义的群体之一。

1919 年五四运动爆发后，马克思主义思想得到广泛传播。运动期间，时任北京大学学生代表的高君宇深知封闭落后的山西需要"唤醒民众"，遂以母校山西省立第一中学校为基地，与王振翼、贺昌等校友讨论座谈，肩负起向娘子关内传播新文化、马克思主义思想的使命。1919 年 8 月，在高君宇的指导下，王振翼等创办山西第一份传播新思想、新文化的刊物《平民》周刊，"抱定为人民奋斗之宗旨，不断以山西实况报告世界，代人民呼号，且不断地将世界新思潮输入娘子关内，供给晋民以奋斗有效的径途"。1920年5月，高君宇帮助山西省立第一中学校留京校友会创办《今生》月刊并担任编辑，以介绍新思想、讨论社会问题为宗旨，"把许多在病的社会里沉沉睡着的弟兄们，在黑暗里唤醒"。在这一过程中，山西铁路工人深受影响。

1921年中国共产党成立后，革命的星星之火在张昆弟、何孟雄等早期共产党员的传播下，很快沿着正太和京绥两条铁路，在铁路工人队伍中点燃。这些铁路工人在党组织的带领下，曾一次次开展了声势浩大、影响广泛的工人运动。

1922年6月12日，北洋军阀政府同美国太康洋行签订了以京绥铁路抵押外债的展期合同，当大同地区的铁路工人得知这一丧权辱国的亡路合同后，立即开始行动。8月6日，大同铁路工人与京绥铁路其他火车站的工友一起组成护国救路团，并拟定了京绥铁路全体同人致交通部的《哀的美敦书》（即《最后通牒》），掀起了反亡路合同运动，迫使北洋军阀政府不得不将展期合同撤回。

同样是这一年的10月27日，在中共北方区委的直接领导下，大同铁路地区的工人参加了京绥铁路车务工人大罢工，这次罢工成为新民主主义革命时期第一次工人运动高潮的重要组成部分，震动了北方劳动各界。

12月15日，思想也已然觉醒的太原、阳泉两地的铁路工人，在正太铁路总工会的带领下，举行大罢工，向控制这条铁路的法国人提出增加工资、改善待遇等 9 项要求，并通过北京《晨报》向社会发布《罢工宣言》，坚持不答应条件决不复工。太原、阳泉两地工人在罢工开始后，放下工具，走出厂房，关掉气门，跳下机车，甚至卧倒在钢轨之上，阻止列车前行，使正太铁路全线瘫痪，直至罢工取得胜利，铁路才恢复通行。

1923 年，震惊中外的京汉铁路二七大罢工举行，山西铁路 30 多名工人前往京汉铁路积极声援。同时，太原、大同、阳泉三地的工人分别举行罢工和示威游行，愤怒声讨军阀吴佩孚的血腥罪行，并捐献工资，慰问在二七大罢工中遇难的京汉铁路工友。

1925 年 5 月 30 日，上海发生五卅惨案，山西铁路工人立即成立对英雪耻会和沪案后援会，并向社会各界发出通电，呼吁广大民众"为救中国不致变成列强的殖民地崛起奋斗，为我们自己不致作了帝国主义强盗的奴隶、牛马，而起来谋解放！"

五卅运动后，山西一些铁路工人加入了党团组织，中共大同铁路工人支部和中共太原正太铁路工人支部相继成立。自此，在中国共产党的领导下，山西铁路工人紧紧团结在一起，与帝国主义和国内反动派进行各种斗争。

这群在山西大地上最早受中国共产党影响的产业工人，

以及他们轰轰烈烈开展的各种斗争，一度影响到大同、阳泉等地的煤矿工人和太原这座重工业城市中的其他产业工人。

1931 年 9 月 18 日，驻东北日军突袭沈阳，蒋介石下令不准抵抗，命令东北军"即使日军勒令缴械，占入营房，均可听其自便"。几十万东北军不做抵抗撤到山海关内，致使日本帝国主义在短短的 4 个多月内侵占了东北全境。为了挽救民族危亡，九一八事变爆发后，全国掀起了抗日高潮。

正太和平绥铁路的工人也立刻联合起来，用不同的方式表达自己的抗日决心。

1931 年 9 月 29 日，正太铁路成立同人救国会，并在太原、阳泉成立同人救国会分会。

正太铁路全长 242.95 公里，其中在山西境内 170.7 公里的铁道线上，设有大小火车站 10 多个。正太铁路同人救国会成立后，阳泉、太原分会带领各站工人热烈响应号召，积极投身抗日救亡运动，用实际行动支援抗日前线。1931 年 10 月，国民党东北军马占山部首先在黑龙江省起而抗日。为援助和慰劳东北马占山部抗日将士，正太铁路同人救国会除发出慰问电外，还组织募捐活动。山西铁路工人积极捐款，通过正太铁路同人救国会汇给马占山部队。1932 年 1 月 28 日，日军突袭上海闸北，驻上海的国民党爱国将领蔡廷锴、蒋光鼐率领 19 路军奋起抗日。2 月 10 日，为支援 19 路军，正太铁路同人救国会除发去慰问电外，再次组织募捐。山西铁路工人再次加入募捐队伍中，并将募捐到的钱款经正太铁路同人救国会汇往上海的生活报社，请报社转交给19路军，以表达他们对19路军抗日行为的支持。在此期间，越来越多的山西铁路工人深受影响，共同投身抗日救亡运动，并加入正太铁路同人救国会。

1932年8月，正太铁路同人救国会改组为正太铁路员工救国会。

1933年1月，日伪联合侵犯华北，宋哲元与孙殿英率部抵抗，在热榆关血战。1月11日，山西铁路工人在正太铁路员工救国会的领导下，继续投身抗日救亡运动。他们发通电慰问抗日将士，把募捐到的钱款汇往前方战场，组织慰劳队去前线慰问，将征集到的慰问品分发到前方将士的手中，并且扩大抗日宣传，号召更多的产业工人、市民群众一起支援抗日。同时，自制钢盔、风镜等战场用品，购买所需物资，派人送到抗日前线。2月21日，太原、阳泉两地的铁路工人与正太铁路的其他工人一起，通过募捐购买飞机一架，定名正太号，用于抗日。

之后，他们又组成慰劳队，携带毛巾、罐头、香烟、牛奶、茶叶等物品，前往井陉、榆次、阳泉等地的后方医院慰劳伤病员。还组织成立话剧团、歌咏队、跑步团、国术团、自行车队等群众组织，利用各种形式深入火车站、街道、部队、村镇进行抗日救国宣传活动。7月，他们又为东北抗日义勇军募捐。此外，铁路工人还开始进行军事训练，以备有朝一日，奔赴抗日战场。

1933 年底，蒋介石提出"攘外必先安内"。铁路工人在正太铁路员工救国会的带领下，分别向国民党南京政府、北平军事委员会和阎锡山等致电，呼吁："停止内战，一致御侮。"

1936 年春，为了支援傅作义部队在绥远的抗日，铁路工人每人又捐出一天的工资，并将筹集到的慰问款及时汇往绥远抗日前线。傅作义收到这笔慰问款后，非常感谢铁路工人的支援。他在回复这些工人的电报中说：

> 此次绥东告警，举国关怀。连日迭接各方函电，或为物资之输将，或作精神之援助，备切励勉，感愧莫如。顾念捍边御侮，份所当然。乃荷嘱，望之殷，益凛职责之重。兹承贵局汇下洋一千元，悉出爱国之热忱，用以鼓励士气，谨当拜领，义不容辞。唯有奉扬仁风，切加激策，庶期三军振奋，效命疆场，本此血诚，亦即仰答爱国同仁所厚赐也……

这一年的 2—5 月，红军东征，从黄河对岸的陕西来到山西，播撒抗日革命火种、扩大红军队伍并筹备物资。其间，阎锡山实施残酷镇压及各种防共、反共措施，让山西党组织遭受严重破坏。6 月，中共中央北方局恢复遭受破坏的中共山西工作委员会。中共山西工作委员会恢复重建后，便立即在中共中央北方局的领导下积极开展各级党组织的恢复和重建工作，着力领导山西的抗日救亡运动。铁路工人在这一运动中，积极开展罢工、游行、抵制日货等活动，并不断深入煤矿、工厂，宣传抗日救国，号召更多的产业工人走上抗日道路。

就在太原、阳泉两地的铁路工人轰轰烈烈开展抗日救亡运动的同时，大同地区的铁路工人也行动了起来，夜以继日地运送抗日军队和军用物资，并提出"不开资、不吃饭，也要保证前线需要"的口号。同时，也开展捐献活动，将购买的一批大刀、雨衣、饼干、毛巾等物品送给绥东前线的抗日军队，鼓舞前方士气，并将"打倒日寇"的标语贴到大街上或即将开出的列车上，以影响和发动更多的群众走上共同抗日的道路。

在正太、平绥两条铁路工人开展的抗日救亡运动影响下，正在一边加紧修建，一边分段通车的同蒲铁路工人，也纷纷参加抗日救亡运动。此时，在山西重新组织起来的牺盟会也产生了广泛的影响。正太、平绥、同蒲铁路线上的工人队伍，分别成立了牺盟会，设立了抗日救亡室。

风起云涌的抗日救亡活动，在越来越多的山西铁路工人队伍中开展起来。此刻，八路军三大主力的将士们，也正朝他们而来。

三、火车运送八路军北上

在八路军三大主力改编之际，日军参谋本部为了实现其"欲占领中国，必先占领华北；欲占领华北，必先占领山西"的企图，又从其国内抽调 14、16、108、109 师团，赶往华北战场，接着于 8 月 31 日成立华北方面军司令部，辖 1、2 军和 5 师团等，驻华北日军一时达到 30 多万人。随着兵力增加、战区扩大，华北日军主力沿平绥、平汉、正太铁路向山西进犯，计划"两周攻陷大同，一个月拿下山西全省，三个月灭亡全中国"，以达夺取山西、控制华北、策应华中、威胁西北的目的。

山西战局已经到了十分危急的时刻，而山西战局又直接关系整个华北战局。为此，八路军三大主力准备东渡黄河，紧急出征。

最先出征的是 115 师。1937 年 8 月 22 日，115 师全体将士在陕西三原云阳镇召开出征誓师大会后，从韩城芝川东渡黄河进入山西，赶往侯马。按照抗日路线，他们将从侯马乘坐火车奔赴战场。

115 师奔赴华北抗日战场的时候，日军已占领了南口和张家口等地，并分两路朝平绥铁路东段、同蒲铁路北段进攻。其中一路以关东军派遣兵团和两个独立混成旅团组成，准备占领大同后，出山阴进犯雁门关；另一路为坂垣 5 师团，企图突破平型关，与大同南下之敌会师雁门关，然后直攻太原，占领山西，把山西变成"兵站基地"，威胁西北，达到吞噬整个中国的目的。

但日军不知道的是，曾经的红军经改编后，正渡过滔滔黄河，朝山西而来，即将与他们交战。

8 月 31 日，115 师先遣部队近 5000 名将士渡过黄河进入山西，刚到侯马便接到赶往平型关的命令。

侯马位于山西南部，平型关则在山西北部，一南一北，相距近千里。为了把这些抗日将士及时运到平型关，此时接到命令的山西铁路工人也做好了一切准备。

115 师的将士们登上列车后，铁路工人便开足马力沿同蒲铁路北上。

同蒲铁路是一条刚刚修建起来的铁路，它以太原为界，分为南同蒲和北同蒲铁路。卢沟桥事变爆发时，太原—风陵渡的南同蒲铁路已全部开通，太原—大同的北同蒲铁路在修建至距大同仅8公里的地方，因战争爆发而停建。平津失守后，为了应对日军下一步可能对山西进行的轰炸，同蒲铁路局在沿线匆匆修建了机车隐蔽洞、车辆隐蔽沟和防空壕，并对火车站和桥梁进行了伪装。因此，此时的南同蒲铁路是相对安全的。

火车载着115师，呼啸着一路向北。

车轮滚滚，汽笛声声，列车途经的每一个火车站，都可以看到抗日情绪高涨的铁路工人在火车站房屋上奋笔写下的醒目标语：

热烈欢迎抗日的八路军将士上前线！

打倒日本帝国主义！

起来，不愿做奴隶的人们！

用鲜血保卫我们的每一寸土地！

中华民族万岁！

这是铁路工人发自内心的呼喊！

八路军将士乘坐火车北上抗日的消息，很快像嘹亮的汽笛一样，传遍了铁路沿途的村庄和城镇，成千上万的群众带着红枣、鸡蛋、柿饼、核桃等慰问品，自发赶到洪洞、临汾、霍县等一些较大的火车站进行慰问。

9月5日，将士们乘坐的列车刚从霍县站开出后不久，倾盆大雨便从天而降。

尽管如此，列车还是在暴风骤雨中疾速行驶着，直到临近介休时，由于山洪暴发，铁路被冲毁，列车才不得不停了下来。

山洪挡道，同蒲铁路工人从四面八方赶来，拼全力抢修，但洪水肆虐，刚刚抢修好的铁道再次被冲毁。太原方向的铁路工人得知后，驾驶火车赶到介休站，将蹚过洪水到达介休站的将士们接上，继续护送他们北上，并于8日晚到达太原。

后续一列又一列火车，在风雨中风驰电掣般地沿着南同蒲铁路驶向太原。到太原后，八路军将士需补充枪支弹药，做短暂停留。这时，省城各界听说八路军将士要北上抗日，纷纷拿上毛巾、肥皂、罐头、香烟等物品，涌向火车站，把物品塞到将士们手中。人群中，从东北流亡到太原的青年学生也挤到火车旁，对八路军将士动情地唱起了歌：

> 我的家在东北松花江上，
> 那里有我的同胞，
> 还有那衰老的爹娘。
> 九一八，
> 九一八，
> 从那个悲惨的时候，
> 脱离了我的家乡。

抛弃那无尽的宝藏，流浪、流浪，

整日价在关内，流浪，

哪年、哪月，才能够回到我那可爱的故乡，

哪年、哪月，才能够收回那无尽的宝藏。

爹娘啊，爹娘啊，

什么时候才能欢聚在一堂？

歌声悲壮，令人断肠。

在悲壮与断肠中，人们得知一个消息：山西北部的阳高已被日军占领。

抗敌决死队的青年队员们也和八路军将士同唱抗日战歌：

惊醒吧被压迫的同胞们！

快起来，起来，向前进！

抗战的时候到了，

要打倒敌人和汉奸们，

快迈开脚步向前，向前，

不怕那一切危险和艰难，

把全部力量献给民族。

我们肯牺牲我的家，

就是死也都愿意。

把刺刀上起来，

> 把枪口瞄准好,
>
> 向前,向前,
>
> 在战场上,
>
> 我们决不后退!

歌声响彻火车站内外。火车继续向北出发时,决死队队员们跑到车前,同八路军将士握手、拥抱,火车站上空到处弥漫着同仇敌忾的气氛。

此时,与八路军将士怀有同样迫切心情赶往前方战场的,还有一群人,他们就是担负运送将士们上前线任务的铁路工人。就在八路军将士们补充枪支弹药,准备从太原出发时,太原机务段的火车司机们接到了运送将士们上前线的命令。

第一个接到此令的,是一位叫许中新的年轻司机。9月12日天不亮,段长把许中新叫到办公室,郑重其事地对他说:"小许,今天八路军的一支部队要上前线。天下兴亡,匹夫有责,你是咱们段最好的司机,经研究决定,由你开车送第一批将士到原平,希望你不负重托。"

由太原往原平,将离战场越来越近,危险也无处不在,但许中新明白此次运输任务的重要性,甚至关系国家存亡。尽管前方危险重重,许中新还是代表车班所有人向段长立下军令状:保证完成任务!

早晨,115师先遣部队在悲壮的歌声中从太原乘火车向原平方向出发，许中新车班担当运输任务。

这一天，日军继占领阳高之后，又侵入天镇。

列车从太原站出发，一路向北，朝原平方向疾驰。熟悉的铁道线、熟悉的村庄、熟悉的田野，但许中新和工友们丝毫不敢大意。列车刚过皇后园站，正目光炯炯注视前方钢轨的许中新发现远处天空飞来一架日机，熟悉铁路两边地形的他，立刻将列车开到一段两旁长满茂密榆树林的钢轨上，并让司炉抓紧把机车炉膛里的火苗压住，避免被敌机发现。

列车在中途突然停下，这可急坏了115师的将士们，一名小战士跑到车头去询问原因："怎么停车啦？"许中新指指天空说："有敌机，这一带榆树林正好可以遮挡隐蔽。"正说着，飞机的轰鸣声由远及近，小战士确认是一架敌机后，这才返回车上。

日机在榆树林上空飞过，没有发现隐藏在榆林中的列车，更没有发现八路军部队，扬长而去。敌机走后，许中新和工友们开着火车继续前行，可还没开出2公里，就又遇到了日机，于是他们再次压火、隐蔽。就这样，从皇后园到黄寨10多公里的路途，由于日机不断飞来，火车走走停停，用了3个多小时。

列车到黄寨站停下后，许中新跳下车，三步并作两步跑到火车站调度室，以最快的速度向太原调度所汇报了途中遇到敌机的情况，并提议："白天火车运行太危险，能不能改成夜间运行？"因为如果不这样，不仅列车会被日军发现炸毁，而且就连车上的八路军将士，也无法幸免。他的提议，被太原调度所采纳。

当夜幕降临后，许中新便驾驶着火车前行。为了不被日军发现，许中新他们没有打开车头上的夜间行车大灯，而是凭着对线路的熟悉，沿着钢轨往前开。

此时，晋北大地本该是庄稼丰收的季节，许中新他们看到的却是满目荒凉的大地。山河破碎，难民悲切，他们多想马上把车上的抗日将士送到前线。可是，敌人的飞机再一次朝他们而来。

就在许中新和工友们借着月光，瞪大眼睛观察前方钢轨时，远处的夜空中突然出现了一颗红色的火球，而且离火车越来越近。

这颗火球，正是敌机。原来，许中新他们虽然没有开夜间行车大灯，但是机车炉膛里燃烧的火光和从烟囱中冒出的火星，还是被敌人发现了。这架敌机像是老鹰发现了猎物一样，直直地朝火车飞扑而来。

"不好！快压住火。"许中新一边对司炉大喊，一边拉下紧急制动阀。

司炉快速填煤，压住了炉膛中的火苗，整列车在紧急制动中，向前冲出一段距离后停了下来。

大地，瞬间恢复了宁静，列车也在夜幕的包围中，与大地融为一色。

敌机飞了过来，在列车上方盘旋了两圈，找不到猎物后便向南飞去。10分钟后，敌机又不甘心地飞了回来，看到地面仍是一片漆黑，这才悻悻地向北飞去。

许中新和工友们看着敌机飞远后，这才继续开着火车往前赶。

越往前越接近战场，敌机的侦察也更为密集。就这样，走走停停，一晚上停了三四次，天亮后火车才驶入豆罗站。

9月13日，由于火车白天不能前行，许中新和工友们便抓紧时间保养机车，以便夜间行驶中不出问题。中午，八路军将士来到他们中间，对他们讲当前全国的抗战形势和共产党的抗日主张，向他们传播革命思想。这些都让许中新和工友们更加坚定了信念，那就是一定要把抗日将士尽快送到前线，早日驱逐侵略者。

9月13日晚，火车又开始向北行驶。一路上，许中新他们与敌机玩起了捉迷藏。敌机一来，他们就停车；敌机一走，他们就加大马力往前跑，走走停停，天亮时终于到达原平火车站。

列车刚一进站停稳，火车站工作人员便小跑过来通知许中新他们：原平以北的铁路线遭到日军轰炸，工人们正在抢修，火车只能到此，不能往前行驶了。原来，继9月12日天镇被日军占领后，13日大同也被日军占领了。日军在占领这座古城后，开始向广灵进攻，矛头直指平型关。同时，出动飞机对北同蒲铁路及各火车站进行轰炸。

此刻，许多从大同方向撤退下来的铁路工人在炸毁桥梁尽量迟滞日军侵占步伐后，正保护着一批机车、车辆和器材，沿着北同蒲铁路撤退到原平站。当他们在这里与运送八路军将士的南同蒲铁路工人相遇后，争先恐后要求加入运送八路军的队伍中。

他们的眼泪，为自己失去家园而流，更为祖国大好河山被日军侵占而流。

日军正在逼近平型关，明知运输八路军将士会很危险，但这些铁路工人还是下定决心，要把更多的抗日部队及时运往前线。

115 师也接到了前方铁路被炸毁的消息，将士们立刻下车在站台上列队集合，准备步行赶往平型关一带，堵截日军。

首趟开往前线的列车，虽然路上险情不断，但是好在铁路工人们小心且机智，因而八路军的动向没有被日军发现，途中也没有战士伤亡。就在将士们下车集合的时候，一位首长模样的人来到铁路工人中间，与许中新他们一一握手并告诉他们："抗日战争恐怕要打很久，山西如果沦陷，热血青年是不会甘当亡国奴的，你们要是不开火车了，希望到延安去。"说完，他从口袋里掏出 10 个法币，递给眼前的铁路工人说："一路上你们也辛苦了，拿去吃顿饭吧。"当时，铁路工人吃一顿饱饭，只需几毛钱，10个法币对他们来说，不是个小数目，可铁路工人说什么也不肯收。大家与抗日将士们告别后，准备返回太原运送其他部队。此时，120师和八路军总部已由陕西进入山西，上万名将士同样需要火车运往前方战场。

同蒲铁路属于窄轨铁路，每列火车能乘坐400多名将士。刚运送完115师的所有火车，在沿途较大的车站装满煤、加足水后，一列列返回侯马，接应渡河而来的将士们。

四、在轰炸中前行

时值中秋时节，为了慰问八路军抗日部队，沿途火车站的铁路工人们特意准备了月饼等慰问品，一有列车进站，就将慰问品送上。

一天，凌晨4点钟，八路军总部乘坐的列车路过灵石站，缓缓停了下来。月光中，可以看到这趟列车的每一辆车厢上，都张贴着"国民革命军第八路军"和"同胞们，团结起来，驱赶日寇出中国"的红绿色标语，十分醒目。

列车停稳后，纪律严明、训练有素的八路军将士从车上走下来，他们身背干粮，脚蹬草鞋，整齐划一地在站台上列队。

灵石火车站的工人们看到这是一趟运送八路军将士的列车后，立刻将准备好的月饼抬了出来。

黎明前的夜色中，负责送月饼的两名工人看到有一辆车厢的灯光正亮着，且窗口坐着一位首长模样的同志在看报，于是抬着准备好的 60 斤月饼来到这辆亮着灯光的车厢前，并热情地对在车门口站岗的警卫员说："这是我们给八路军送来的月饼，请收下。"警卫员听后，礼貌地回答："请稍等！"然后转身进入车厢内，向正坐在车窗前看报的首长请示。

听了警卫员的汇报后，首长微微摇了摇头，表示不能收。

这一幕，恰巧被站在车下的两名铁路工人看得一清二楚，他们虽不知道眼前这位浓眉大眼、神情沉稳的首长是谁，但还是想让对方收下这些月饼，于是他们不待警卫员下车回复，就急忙走到车窗前，向车上的首长立正敬礼道："报告首长，这是我们灵石火车站的一点心意，部队行军辛苦，特慰劳中秋月饼，请务必收下。"

那位首长见他们态度坚决，言辞恳切，思考片刻后，向警卫员轻轻点了点头，示意收下。两名铁路工人看到后，高兴得露出笑脸，然后又忙着去给其他车厢的将士送月饼。

上午 10 点，这位首长来到灵石站的站台上，向铁路工人及来自灵石各校的师生发表了热情激昂的演讲："日本侵略者占我国土，害我人民，将中华民族推向灾难的深渊。国难当头，或抵抗，或投降，二者必居其一，投降就是亡国，抵抗才有希望。只要全国军民团结起来，一致抗日，最后胜利一定是我们的……"

铁路工人听完演讲后，表示自己决不会向侵略者投降，并甘愿在国难当头之际，加入抗日行列，抛洒热血。

下午 2 时，八路军总部准备乘车离开灵石，列车开动了，铁路工人追着火车边跑边向车上的将士们招手致意。

同一时刻，数列载着八路军将士的火车已到达太原，并在将士们补充了枪支弹药后继续赶赴战场。与之前一样，为了避免被敌机发现，所有火车都是白天隐蔽，夜间行驶。其中有一列火车到了一个叫大牛店的地方，机车意外出现故障，这可急坏了车上的八路军将士。因为途中多耽搁一天，可能就会对战局不利，将士们希望铁路工人尽快解决机车故障，保证部队顺利前行。

恰在此时，一群从北边逃难而来的老百姓途经大牛店，他们看到车上的八路军，纷纷围上来哭诉日军的残暴行径。这些神情悲切、衣衫褴褛的百姓说完，还齐刷刷地跪倒在地，希望八路军快快赶到前方杀敌，以便让他们能够早日回到家园。

此情此景，令八路军将士无不动容，他们恨不得马上就赶到战场。

铁路工人亦是如此。

很快，一台新机车换到了这趟列车上，在夜幕中继续前行。9 月 22 日，这些将士乘火车到达忻口、宁武一带的战场上，准备投入战斗。

此时，山西铁路工人驾驶火车运送八路军将士已半月有余，在这半个多月中，尽管铁路工人处处小心，昼伏夜行，但是火车大规模运送八路军将士的行踪还是被日军发现了。日军开始对太原、榆次等重要火车站的铁道线和行驶的列车进行不断轰炸，以达阻断火车运输八路军将士北上抗日的目的。

国破家亡之际，铁路工人不顾生命危险，在轰炸中加紧抢修线路和组织运输，以保证更多的部队及时奔赴抗日战场。

有的工人在敌机的轰炸中，倒在了钢轨旁或机车上，他们或身受重伤，或再也没有醒来，但身边的工友没有因此而畏惧。其间，一位叫王成明的守车在日军的轰炸中，倒在了运送八路军将士的途中。他的工友们听说后，顾不上擦干眼中的泪水，便争着去替他完成剩下的任务。

而王成明，只是那些众多牺牲在运送八路军将士途中铁路工人的一个缩影。

五、平型关夜空的信号弹

在铁路工人的努力下，越来越多的八路军将士到达指定战场。

9月25日，先期抵达战场的将士们在平型关一带侦察了日军的必经之路后，决定利用有利地形部署兵力，设伏袭击日军。

进犯平型关的日军，属于坂垣5师团。坂垣是个中国通，自带兵侵犯华北以来，所战皆胜，因而气焰十分嚣张，也由此产生一个错误的判断，认为中国军队不堪一击。他更没想到，由红军改编的八路军能如此之快到达平型关。

9月24日深夜，进攻平型关的坂垣5师团21旅团和后卫部队共4000多人开着汽车，驮着武器，大摇大摆，如入无人之境来到平型关一带。殊不知，他们已进入了八路军的伏击圈。

次日拂晓，随着一颗信号弹腾空而起，早就埋伏在此的将士们居高临下向日军发起猛烈攻击。骄横的日军根本没有料到会在平型关遭遇八路军的袭击，顿时阵脚大乱，死伤甚多。

这次战役，八路军将士一共歼灭日军 1000 余人，击毁汽车 100 多辆，并缴获大批辎重武器，这是自卢沟桥事变以来，中国军队取得的第一次大胜利，不仅震惊了中外，而且沉重地打击了日军的嚣张气焰，迟滞了敌人的进攻，支援了平汉、正太等铁路友军的作战。

消息传来，全国人民无比振奋，山西铁路工人更是奔走相告，因为这支打破了"日军不可战胜"神话的八路军队伍，正是自己运送到战场上的。《晋冀豫区的工人运动》做了如下记载：

> 在准备平型关战役的时候，同蒲铁路工人以他们青年的战斗热情，不顾牺牲，当一个人流血牺牲后，许多青年工人争着走上他的岗位，在敌机轰炸与机枪扫射下，坚持完成运输任务，保证以后创造平型关著名战斗的八路军能迅速安全地进入战斗。

平型关战役取得胜利后，远在延安的 129 师也开始奔赴山西战场。

与前期奔赴山西战场的 115、120 师一样，129 师东渡黄河后，依旧需要乘坐火车，以便快速到达作战地点。

此时，日军凭借飞机、大炮，已接连侵占了山西的阳高、天镇、大同、怀仁、广灵、浑源、左云、山阴、灵丘、应县和朔县 11 个县城，直逼忻口，剑指太原。另一路日军正从河北保定方向杀来，他们计划攻下石家庄，通过娘子关进入山西，继而占领太原。

山西的战事，已十分危急。为了缩短将士们从临晋下船步行至侯马火车站的时间，使将士们尽快到达战场，一部分铁路工人驾驶火车，赶到离八路军将士下船地点相对较近的闻喜、水头等火车站，载着上万名将士快速驶向太原，两天后继续向北。

为了保证八路军运输，此时不仅同蒲铁路的 60 多台机车、1008 辆客货车全部投入军运中，而且正太铁路也调出 5 台机车和数百辆客货车，过轨到同蒲铁路，加入运送八路军将士的行列中。

日军为此对同蒲和正太铁路进行了新一轮的猛烈轰炸，以达到阻断火车运送抗日将士北上的目的。

与此前一样，铁路工人依旧冒着敌机的轰炸，加紧运送八路军。

在此期间，开往正太铁路的军列，起初均是由太谷站直接驶向娘子关和石家庄一带，之后随着日军的轰炸越来越密集，连接同蒲铁路与正太铁路的钢轨被炸毁，列车出现拥堵，于是铁路工人昼夜不停，又在太原和榆次加紧修出两条铁路，使同蒲铁路与正太铁路无论是在太谷站，还是在太原站和榆次站都接上了轨，两路列车在这 3 个火车站也得以直接通行。且保证敌人炸断其中一条，还有另外两条可以通车；炸断其中两条，还有另外一条尚可使用。同时，根据战事，在沿途火车站抢修出多口水井，用于军运期间的机车加水。

10 月 10 日，石家庄被日军占领，正太铁路局向阳泉和太原撤退。撤退前夕，正太铁路除前期调入同蒲铁路的 5 台机车和数百辆客货车外，又将另外 41 台机车、700 多辆客货车也全部过轨到同蒲铁路。这一方面是为了运送更多的抗日将士，另一方面是保证这些机车、车辆能随时向南转移，不至于落入敌人之手。同时，为了保证军运畅通，同蒲和正太两个铁路局在太原合组调度所，合署办公，统一调度，最大限度发挥两条铁路的运输能力，保证运送抗日将士的列车不中断。

石家庄沦陷后，日军沿正太铁路直逼山西，华北战局也随之发生变化。

随着八路军部队的重新部署，铁路工人又驾驶火车赶来了。

10 月 11 日，娘子关战役爆发。铁路工人在榆次站载着将士们迅速赶往阳泉、平定一带的战场。

为了运送抗日将士，铁路工人将自己的生死置之度外。可以说，抗日将士打到哪里，这些工人就跟到哪里。当时跟随八路军采访的美国记者艾格尼丝·史沫特莱目睹这一切后，在自己的一篇日记中写道：

我们接近正太铁路了，看到一架飞机正沿着正太全线巡逻，远方某处传来了轰炸声。我们终于来到铁路旁，这是一条单线、窄轨铁路。铁道那一边传来了机车的汽笛声，我们终于接近一个火车站。一些伤员坐上火车。火车站的铁路员工还坚持在战斗岗位。日本人还没完全炸毁这个火车站，他们打算抓紧利用。

就在铁路工人加紧运送八路军将士的同时，第二战区国民党军放弃了雁门关—平型关的内长城防线，退守到太原以北忻口东西一线阵地。

10 月 13 日，忻口战役打响。

忻口是晋北通往太原的门户，是保卫太原的最后一道防线。

忻口战役打响后，八路军主力分别深入晋东北和晋北地区的日军后方与侧翼，配合友军作战。

侵犯忻口的日军遭到中国军队的顽强抵抗，于是其 20 师团及 109 师团各一部，奉命沿正太铁路向太原进攻。

同时，为了阻断火车为忻口战场和娘子关战场运送抗日将士，日军曾一次出动几十架飞机，猛烈轰炸太原及附近的火车站，太原站内的9条铁道线被全部炸断。

即便如此，为保证两个战场的运输需要，铁路工人常常在敌机的轰炸中抢修和运输。忻口战役期间，忻口火车站也遭到敌人多次轰炸。为了保证抗日将士们赶往下一个作战地点，车站工人把调度指挥设备搬到牧马河的桥洞中，坚持在阴暗潮湿、寒冷狭小的环境中工作。

10月19日，八路军夜袭日军设在阳明堡的飞机场，烧毁24架飞机。接着，又在雁门关黑石头沟伏击敌人，一举歼敌500多人，击毁汽车数十辆，并攻占了雁门关、太和岭，截断敌人向忻口进攻的主要交通道路。

消息传到铁路工人队伍中，大家再次为抗日将士取得的胜利感到高兴与振奋，同时也为自己能为抗战做出一点贡献而感到欣慰和自豪。

六、护送学生南迁

在日军的大举侵犯中，山西铁路工人不仅担负着运送抗日将士上战场的重任，而且还担负着将大量伤员运往后方救治的任务。同时，还运送难民向山西南部转移。就在忻口战役和娘子关战役打得正激烈的时候，山西铁路工人又接到了另外一项任务，运送铭贤学校师生南迁。

这次运送，铁路工人同样是在敌人的频频轰炸中完成的。

铭贤学校位于山西太谷县，开办有工科和农科，因师资优良，管理有方，所以人才济济，名冠华北。考入这所学校的学生，都是山西省内各校会考的前几名，品学兼优。

卢沟桥事变后，铭贤学校一直关注战局发展，考虑到学校位于山西中部，暂时不会有什么危险，且学生们的课程不能耽搁，于是 8 月 11 日，铭贤学校按时开学，但没过多久，刺耳的空袭警报声就打破了校园昔日的宁静。

　　师生们预感到日军的脚步已经离他们越来越近了，但是对战争下一步会如何发展一无所知。因此尽管警报声不断响起，学校仍然安排学生按时上课。然而战局瞬息万变，日军不久便侵入山西境内，形势越来越严峻。9月19日中秋节这天，日机多次飞到县城上空，警报被一遍遍拉响。也是从这天起，铭贤学校的师生们再也无法上课了。

　　铭贤学校的校长很是担忧，他认为教育是一国之本，应该给学生们寻找一个安全的地方继续上课。为避免学校师生落入敌手，校长在和学校的其他负责人及教职员工商量后，决定带着本校所有师生和家属300多人一起南迁至运城。

　　南迁的方案确定后，铭贤学校抓紧与太谷火车站联系南下的列车和具体乘车时间，并在学校内部紧锣密鼓地做好人员疏散和图书、仪器等搬迁准备工作。

　　铭贤学校急于南迁，可此时运行在山西大地上的火车，往北，基本上是运送抗日将士；往南，大部分是运送伤员。偶有运送难民的列车，车厢里也早已挤满了人。也就是说，几乎每趟途经太谷的列车，都没有师生们乘坐的空间。

　　可这些师生，都是国家工农业方面的人才和栋梁。太谷站接到铭贤学校的求助后，积极想办法安排列车，以便尽快将这些师生送往运城。在太谷站的多方努力和协调下，10月13日，铭贤学校接到通知，晚上将有一趟南下的列车，准备安排一部分师生乘坐。

　　学校接到太谷站的通知后，马上安排第一批师生赶往火车站。这些师生到达火车站时，铁路工人正组织抗日部队乘坐的列车北上。看到匆匆赶来，在寒风中瑟瑟发抖的铭贤学校师生，铁路工人将他们安顿在候车室。

　　深夜，一列火车进站，铁路工人立刻组织师生们上车。当时，由于难民较多，客车车厢已经被挤得水泄不通，铁路工人只好把师生们安排在一辆闷罐车厢中，以使他们尽快离开太谷。

　　临开车前，铁路工人一再叮嘱大家：火车行驶途中，千万不要到车厢门口处，以免车门打开，被甩下火车。

　　铭贤学校第一批南迁的师生即将离开太谷，在车门关闭的那一刻，几乎每一名师生都向这些不知姓名的铁路工人投去感激的目光。

　　按照计划，铭贤学校师生将分6批南迁。当第一批师生安全到达运城后，第二批师生在太谷站的帮助下，也坐上了南下的火车。尽管有不少师生与难民一样，只能坐在车顶上，但能离开太谷已属不易。而此时，日机也开始了频繁的空袭。当这趟载有铭贤师生的列车行驶到祁县、东观一带时，敌机追上来向车顶开枪扫射。顷刻间，敌机的轰鸣声、机枪声、中弹难民的哭喊声交织在了一起。有的学生头部中弹，从车顶上滚落下来，坠入铁道旁的汾河激流中，当场身亡，更多的学生则受伤。

敌机飞走后，火车临时停车，把一些难民放下。因为有亲人离去，他们想安葬自己的亲人。铭贤学校师生也一样，他们怀着无比巨大的悲伤与愤怒，下车安葬了遇难的同学，然后又找来几头骡子，驮着行李步行到达祁县火车站，寻求祁县站的帮助。晚上 7 点，他们在祁县站的帮助下，登上了另一趟列车，于寒风冷雨中，转移到运城。

就这样，经过 6 批转移，铭贤学校数百名师生终于撤离太谷，按计划到达运城。在那里，他们有了一段相对安稳的学习时光。

七、在抗日烽火中

铭贤学校师生南迁期间，日军在忻口战场受阻，集中兵力转向娘子关。

10月26日，娘子关失守。

10月29日，平定失守。

10月30日，阳泉失守。

11月2日，寿阳失守。

娘子关失守后，忻口腹背受敌。战事，骤然转向太原。

11月8日，太原也未能守住。日军进入太原后，控制的第一个地方，便是同蒲铁路局。日军准备将山西境内的铁路据为己有，但让日军没想到的是，在他们到来之前，铁路工人已经将能够转移的机车、车辆和器材转移到了山西南部。

太原失守后，日军继续向南扩张，计划迅速占领整个山西。

1938年2月下旬，临汾沦陷前夕，八路军总部准备从洪洞向晋东南的沁县和武乡一带转移，创建抗日根据地。铁路工人得知消息后，立即做好了运送八路军总部的准备。

临汾位于山西南部、汾河下游，是晋南的政治、军事、经济要地，这里物产丰富，盛产小麦和棉花等农作物。抗日战争全面爆发后，第六集团军司令杨爱源守在这里，卫立煌在临汾成立了前敌总司令部，八路军办事处也在太原失守后，从太原迁至临汾，由此可见临汾位置的重要。

临汾火车站是南同蒲铁路一个较大的车站，这里的工人也是最早接触红军队伍的一个群体。1936年春天，红军东渡黄河来到临汾康儿庄一带。当时，临汾站的工人对红军不了解，在红军到来之前，他们按照铁路当局的要求，全部撤退到运城一带。红军离开临汾后，工人们返回火车站，看到不仅站内建筑设施完好无损，而且家具等用品也原封未动，再加上康儿庄老乡对红军队伍纪律严明，秋毫无犯口口相传、赞赏有加，临汾站工人对红军也留下了良好的印象。

1937年春天，中共临汾县委派人到临汾车站开展革命工作，开始发展牺盟会会员，筹建铁路工会并发展中共党员。

同蒲铁路临汾总工会成立后，众多的铁路工人团结在一起，宣传抗日救亡思想、教唱救亡歌曲和参加抗日集会。同时，还受牺盟会委托，接待党内和牺盟会的同志乘坐火车，北至原平，南至风陵渡，随时把有关同志安全送上火车。其间，不少革命同志就是在他们的帮助下，乘火车北上和南下的。

1937 年 8 月，八路军东渡黄河，从侯马乘火车奔赴华北抗战前线之际，临汾站作为南同蒲铁路的一个大站，每天的军运任务十分繁忙，大部分军列到达临汾站后，都会做短暂停留。

军列一般在临汾站停留两三个小时，当车站的工人听说这些北上抗日的八路军就是之前的红军后，顿时心生敬仰，他们用满腔的热忱欢迎这些途经临汾站的八路军将士。每当有军列进站，他们就跑上前，找到负责同志，询问部队是否需要补充粮食，并组织人员为八路军将士送上开水。

在接送八路军的过程中，铁路工人对这支曾经的红军、如今的八路军越发心生向往，有的工人还向部队要一些革命书籍，以提高自己的思想觉悟。尽管八路军将士们在作战途中的书籍也很有限，但看到这些铁路工人对学习和接受革命思想如此渴望，于是也竭尽所能地满足他们的愿望，并向他们散发《抗日救国十大纲领》及其他宣传品，这些都让临汾站的铁路工人更加坚定了抗日的决心。

1937 年 11 月 8 日太原失守后，日军向晋南地区大举进犯。1938 年 2 月下旬，临汾即将沦陷，八路军总部准备转移。铁路工人接到任务后，连夜开着火车将八路军总部人员从洪洞护送到霍县，并目送大家安全离开后，才掉头返回临汾，抓紧组织机车、车辆转移，掩埋铁路器材，护送难民撤退。一支医疗队也恰在此时路过临汾，准备到前线救治伤员。在日军对火车站的猛烈轰炸中，铁路工人帮助医疗队登上一列开往侯马方向的火车，使其及时离开危险之地。

日军的骑兵很快便来到了距离临汾城只有 10 多公里的曲亭镇，但铁路工人依然不肯离开岗位，尽可能地转移更多的难民和物资。2 月 27 日上午，铁路工人接到紧急撤退的密令，要求当晚 11 点前全部撤退，他们这才收拾行装，于深夜全部登上预备列车，离开临汾，驶向侯马。

一天后，临汾沦陷。

一周后，沿同蒲铁路南下的日军，侵占了山西最南部的永济。山西境内的铁路，至此全部落入日军之手。

此时，抗日战争全面爆发已 8 月有余。据有关资料，在这 8 个多月里，同蒲铁路连续遭到日军轰炸，太原等 23 个火车站被日军轰炸 109 次，炸死、炸伤铁路工人近百人，另有 4 台机车、122 辆客货车被炸毁，线路、桥梁、厂房、站舍等设施更是遭到严重破坏，但即便是在这样极其困难的条件下，铁路工人依然驾驶火车，紧随抗日部队，坚持在硝烟炮火中完成运输任务。

据 1946 年书林书局出版的《十五年来之交通概况》记载：

> 战事起后，敌人实施破坏或争夺铁路，我交通员工之工作，与战斗士兵之以血肉阻击敌人殆属相同。敌人

之争一线也，先以飞机实施轰炸，破坏机车车辆火车站，或则集中轰炸桥梁，夜以继日，使铁路不经地面部队之占领，而即告中断，不能行车。幸我铁路员工训练有素，均能奋勇抢修，合作无间。敌机离去，员工即纷纷出动，紧急抢修，随炸随修，修通一股通道，立即恢复行车，如日间空袭频繁，一至傍晚，再予抢修，使夜间仍能维持通车。战争进行之际，各种交通，必须全部动员，在任何困难危急情形之下，维持畅通，以便军事通畅，输送部队粮秣，接济前线，达成迅速准确之任务，同时并需将临近站区物资，抢运后方，又将伤兵难民，撤至安全地带，遇军事逆转之时，既须抢运撤退部队粮秣，又须听候军事命令，至最后时机，将路轨、桥梁、火车站等予以彻底破坏，然后方能撤退。我交通员工为完成任务，不及撤退，致为敌俘虏或遭杀害者，数不见鲜。

另据有关资料，从 1937 年 7—12 月，山西铁路工人通过正太、同蒲两条铁路运送到前线的抗日军队达 765 列 348916 人；运送战争补给 296 列 46317 吨；运送受伤战士 133 列 60209 人。1938 年 1—3 月，他们运送的抗日军队达 105 列 55356 人；运送战争补给 54 列 7845 吨；运送受伤战士 5 列 1933 人；另有马匹及其他运输 189 列。这在当时的全国铁路军运中，位居前列。

其间，战斗在平绥铁路大同地区的工人们，在自己的家园沦陷前，也在积极地战斗着。

日军占领平津侵入南口后，平绥铁路工人将大马力机车炸毁，堵塞于八达岭隧道内，但这依然没能阻止日军侵占。此时，大同火车站成了平绥铁路的指挥中心。为了阻止日军西进，铁路工人一次次冒着炮火，抢修被敌人炸毁的线路和车辆，完成军事运输任务。有的火车司机甚至将列车停靠在距离战场很近的地方，在隆隆的枪炮声中等待运送抗日部队。1937 年 8 月 28 日，张家口失守，日军沿平绥铁路西进，对大同站进行疯狂轰炸，30 多名铁路工人遇难。9 月 11 日，日军逼近大同，铁路工人含泪炸毁御河大桥，使铁路中断，9 月 13 日，大同失守。在《铁路与抗战及建设》一书中，对战斗在大同的铁路工人曾有过一段记录：

　　该路总局原设北平，自南口战起，南口以西各段归大同临时办事处指挥，调度军运，抢修铁路和车辆，极为勇敢。虽沿线（指平绥铁路）兵力单薄，而仍能阻敌两月有余，铁路运输之始终维持，迄未间断，乃一重要因素也。

在《帝国主义与中国铁路》一书中，对这些铁路工人的事迹描述如下：

　　具有革命传统的华北地区铁路工人在日本帝国主义陆、空军的袭击下，出生入死地输送军队和军械、给养，并完成大量军民的转移任务。

山西铁路工人在抗日烽火中，用自己的方式战斗着！

八、黄河在咆哮

　　全面抗战初期，山西境内虽有八路军打击牵制敌人，但由于国民党军节节溃败，致使山西的大片土地很快落入敌手。1937 年 11 月 8 日太原沦陷后，山西各地人心惶惶，秩序混乱。在这种情形下，铁路工人一边运送八路军将士到创建抗日根据地的地方，一边负责运送伤员到风陵渡。同时，还肩负起了抢救器材和组织机车、车辆转移的任务。这些铁路工人决心不给敌人留下一台机车、一辆车厢，设备器材能拉的都拉走，不能拉走的全都炸毁或埋起来，总之不能为日军服务。

　　此时，正太铁路除了有两台机车租给当地煤矿，来不及转移外，其余机车和车辆均已转移到了南同蒲铁路，还有的工人在日军逼近时，抓紧时间对钢轨和站舍进行了破坏，让日军即使占领了铁路，也一时无法使用。他们的这一抗日爱国行动轰动了全国，受到了当时国民政府的传令嘉奖，发给奖金10万元。

正太铁路的机车和车辆、器材转移到南同蒲铁路后，两条铁路的工人共同加入了机车和车辆、器材转移的行列中。他们先是将这些机车和车辆转移到介休，可是还没等他们喘一口气，日军便很快逼近了介休。他们又将机车和车辆、器材转移到临汾，同样是来不及休整一下，临汾也被日军占领，于是他们继续向南，到达侯马。

临汾沦陷后，日军沿南同蒲铁路逼近侯马。由于集聚在侯马的难民较多，为了拖延日军侵略的步伐，让更多的难民疏散和离开，万般紧急的情况下，一支铁路工人小分队在日军接近侯马时，忍痛炸毁了自己辛勤修建的浍河铁路大桥，并拆毁钢轨，以阻止日本侵略者前行，保护难民和机车、车辆等转移。

《铁路与抗战及建设》一书曾对此有过记载：

> 铁路工人以铁路为生命，对轨道、桥梁及各种建筑物，爱护备至，一旦自行实施爆破，或相对无言，或竟抱头而哭，其悲痛之情，非言辞所可形容。

浍河铁路大桥被炸后，迟滞了日军侵略的步伐，趁这一间隙，更多的难民得以离开侯马。

之后，负责炸毁大桥的铁路工人小分队奉命驾驶和乘坐最后一列火车从侯马朝风陵渡方向撤退。

3月6日，在临汾被日军占领一周后，侯马沦陷。接着，日军继续南侵，在日军的步步紧逼下，铁路工人保护机车和车辆等撤退至风陵渡口。

风陵渡位于山西最南端，与陕西潼关隔黄河相望，铁路工人想尽可能地将一部分器材运过黄河，但由于此时黄河便桥还未修建完毕，河上的船只又无法将机车等重型设备运往对岸陇海铁路七里村火车站，于是在前无去路、后有追兵的情况下，大家经过商量，决定像之前炸毁大桥、破坏站舍一样，毁掉这些设备。很快，大家将转移到风陵渡站和风陵渡口站、永济站的机车一台台连挂起来，然后采取两两对开，司机跳车的办法，使两车相撞，成为再也不能运行的死车，接着泼上汽油，将撞坏的机车和车辆全部烧毁。之后，铁路工人满怀悲怆地将自己舍生忘死转移到黄河岸边的器材，全部抛进滚滚黄河，连一个配件也不留给敌人，以此来表示抗战的决心和对日军的痛恨。

此刻，滚滚东流的黄河水咆哮着，似乎是在为这群心怀民族大义的铁路工人而呐喊。在这巨大的咆哮声中，撤退到风陵渡的铁路工人深情地回望了一眼自己曾经工作和战斗过的南同蒲铁路，在心中默默发誓我们还会回来的，然后坐上木船，过黄河奔赴延安。

九、成立铁道游击队

　　抗日战争全面爆发后，全国各地的知名作家和文艺团体纷纷来到山西，作家丁玲也率领战地服务团进入山西，并在太原沦陷后，前往晋东南的八路军总部。其间，战地服务团的一位盲人乐师每天拉着手中的胡琴，向大家说唱着各条战线上的消息，他不仅带来了八路军的作战消息，而且还带来了一支游击队的作战情况，他用说唱赞扬这支游击队英勇作战、抵抗日军的行为。这支游击队，便是由阳泉铁路工人带着当地矿工组成的。

　　这支游击队从成立之日起，就在党的关怀下逐渐成长。

　　1937年9月，日军逼近石家庄。正太铁路管理局开始沿正太铁路向太原撤退，此时的正太铁路工人队伍，在中共中央北方局有关同志的领导下，已发展了陶西晋、马次青、田珍等50多名共产党员。为了抗击日军，这些党员拿起武器，把正太铁路工人组织起来，成立了一支 100 多人的正太铁路工人游击队。

正太铁路工人游击队成立后，在阳泉铁林巷 24 号集合，准备加入抗日行列。为了解决枪支弹药问题，他们以阳泉牺盟会的名义，向山西牺盟会申请，领到了 100 多支枪和一部分弹药，接着开始在铁路两旁进行游击作战，主要是破袭铁路。八路军 129 师政委张浩听说他们的事迹后，带人专门来看望，并派人对这支刚刚组建起来的铁路工人游击队进行军事训练，向大家传授游击战术和军事知识。

这是山西工人队伍最早的抗日武装，当日军侵占娘子关、进攻阳泉时，正太铁路工人游击队带领阳泉矿工游击队深入铁路沿线，组织破坏铁路、毁坏站舍，用自己微弱的力量，抵抗强大的日军。

阳泉被日军占领后，已发展为 200 多人的正太铁路工人游击队再次同榆次纱厂工人游击队合并，在阳泉、榆次、太谷一带铁路沿线开展武装斗争，配合八路军打击日军。他们扒铁路、炸桥梁，多次袭击敌人的列车。其中一次，7 名游击队员在日军列车到来之前，把一座大桥上的道钉全部拧开，致使列车刚一开上大桥，车头便轰然栽到桥下，后面的车厢全部瘫痪在钢轨上，正太铁路因此中断行车两天三夜。当时，在铁路工人中流传着一首《破路歌》：

> 铁路不分男和女，
> 抗日不分军和民。
> 铁路挖成山和海，
> 砍倒电杆当木柴。
> 交通就是敌人的命，
> 破坏交通困敌人。
> 我们打游击多方便，
> 鬼子的火车不能行。
> 齐心协力一起干，
> 坚持平原游击战。
> 鬼子越打越失败，
> 我们的胜利在眼前。

在他们的影响下，祁县育华纱厂的上百名工人，也开始举行武装暴动，捣毁机器，夺取资产，加入抗日队伍，与敌人展开了长期的斗争。

之后，随着战局发生变化，这支铁路工人游击队根据上级党组织的指示，一部分游击队员经和顺到榆社，一部分游击队员经芦家庄、太谷到榆社。两路游击队员在榆社会合后，又根据指示，开始了敌后抗战。

11 月 8 日太原沦陷后，正太铁路和北同蒲铁路相继落入日军之手，不愿做亡国奴的铁路工人由太原一路向南，陆续撤退到侯马火车站聚集。同时,北同蒲铁路的部分工人也根据指示,绕道晋西,赶到侯马。至此,正太、同蒲铁路工人在侯马实现了会合,共同组成一支更大的抗日武装队伍。

两路工人在侯马会合后,11月16日成立了同蒲铁路总工会,同时在临汾、运城、风陵渡等站成立了同蒲铁路分工会,共有会员4000多人。12月5日,在同蒲铁路总工会的领导下,工人们又成立了同蒲铁路工人自卫队和第二战区护路司令部同蒲铁路工人护路队。

两支队伍自成立之日起,便积极进行抗日宣传活动,在侯马及附近农村宣传抗战形势和英雄事迹,揭露日军罪行。同时,他们还办起了街头墙报,自编自印了《火车头》《识字课本》《铁人》等书刊。这些刊物除积极宣传抗日救国外,还刊登一些由工人自己创作的爱国文艺作品,有诗歌、散文等。他们还通过演现代剧,如《到前线去》《工农兵学商一起来救亡》等;教唱救亡歌曲,如《义勇军进行曲》《五月的鲜花》等;组织小型演讲会等形式,宣传抗日必胜的道理和共产党的统一战线政策,对提高中上层职员和工人的思想觉悟,激发他们的抗日热情,起到了积极的作用。

与他们轰轰烈烈开展的抗日活动相比,队员们的生活处境相对要艰难得多。由于铁路局不再支付大家的工资,队员们失去经济来源,经常缺衣少食,尤其是铁路工人自卫队,成立时虽有500多人,但由于给养没办法保证,队员们相继走散，最少的时候，自卫队只剩下20多名队员。这20多名队员想办法自筹了20块晋钞和5斗小米，艰难维持到12月底，又有200多名队员加入。经与阎锡山当局交涉，铁路工人自卫队这才陆续得到了一部分服装、枪支和给养，队伍也再次扩大起来。

据有关资料，抗日战争全面爆发后，由于铁路逐步被日军占领，全国失业的铁路工人有15万人之多。由这些铁路工人成立的武装，数山西的铁路工人最为瞩目，因此同蒲铁路工人自卫队和第二战区护路司令部同蒲铁路工人护路队及他们所开展的抗日宣传活动，也引起了全国其他铁路的关注。其间，平汉铁路就曾派代表冒险来对他们进行慰劳，而山西铁路工人代表在前往武汉参加中国工人抗敌总会召开的会议，商定全国铁路工人运动统一问题时，也曾募捐支援过郑州纱厂的工人罢工。

中国共产党对由山西民众组织起来的抗日武装队伍十分关注，1937年10月18日，八路军总部领导同志曾收到一封电报。电报中指出，凡在八路军驻地及附近如有决死队、教导团等，不管他们有无中共党组织关系，应积极争取和影响他们。

1937年底，日军加快向山西南部侵占，整个晋南地区人心惶惶，到处是逃难的人群。这一切都被铁路工人看在了眼里，他们思来想去，觉得只有一条路可走，那就是组织起来抗击日军。恰在这时，中共党组织派人来到他们中间，发出"誓死不过黄河，武装保卫山西"的号召，于是在中国共产党的领导下，同蒲铁路工人自卫队和第二战区护路司令部同蒲铁路工人护路队两支队伍迅速合并，组建同蒲铁路工人游击队，简称同蒲铁工队。

同蒲铁工队成立后，得到了山西牺盟会的大力支持，牺盟会向这些铁路工人提供了100支枪和200套服装。之后，队员们又把从前线溃败下来的国民党部队的枪支收集到一起，经过修理后逐渐武装起来，每天进行军事训练，日夜轮流在火车站、街道巡逻，维护当地社会治安。同时，还将一批中国共产党印刷的宣传抗日救国的宣传材料悄悄分发、张贴到车站和侯马城内的大街小巷。

党对这支新成立的铁路工人武装极为重视，先后派人来指导他们的工作和军事训练。其间，化名胡服的刘少奇同志也曾专门听取过这支队伍的汇报，驻扎在晋东南一带的八路军更是给予这支铁路工人队伍极大的帮助。

同蒲铁工队在党的关怀和在八路军的帮助下，渐渐发展起来，成为山西抗日武装中一支重要的力量。

十、锄奸行动

日军攻占太原后，派出大批特务和汉奸到处造谣惑众，捣乱破坏，尤其是听说山西大批难民都逃到了水陆交通都很便利的侯马，且当地铁路还在加紧运输抗战物资后，便专门派了一批特务、汉奸到侯马一带进行破坏活动。这些特务和汉奸到侯马后，四处抢劫，严重扰乱了当地的社会治安。日机飞来时，他们还用红色标识物为飞机指引轰炸目标，破坏铁路运送抗日物资。同时，他们还偷偷摸摸向当地群众散发写有"良民"二字的传单，并哄骗群众，说日军打来的时候，只要把这份传单拿出来就会平安无事，弄得当地群众人心不安。

同蒲铁工队了解到这一情况后，决定把锄奸反特作为一项主要任务来对待。

1938年元月的一天，同蒲铁工队召开大会，发动群众共同锄奸。当天虽然刮着大风，下着大雪，但是会场里挤满了人，有工人、学生、农民，还有抱着孩子的妇女。

大会开始后，中共晋南特委书记李哲人先上台发表演讲，接着铁工队的一位负责同志又进行了号召："各位父老兄弟姊妹们，万恶的日本鬼子已经占领了我们半个中国，梦想把我四万万同胞变成他们的奴隶。我们是中华民族的优秀儿女，是有血性、有骨气的。我们死也不当亡国奴！亡国之奴，不如丧家之犬啊！"

这位负责同志说得很动情，尤其是说到"死也不当亡国奴"这几个字时，声音一度哽咽。台下的群众看到后，纷纷举起拳头，高呼："死也不当亡国奴！"

这位负责同志看到大家情绪高涨，稍微停顿了一下，继续说道："可我们身边有一些人，不仅不打日本鬼子，反而还认贼作父，当汉奸出卖祖国，和鬼子一块来糟蹋大家。这是民族的败类，是黑了心的家伙，我们一定要把他们揪出来！"

台下又是一阵高呼："我们一定要把他们揪出来！"

这时，台下的人群中，有一个头上包着羊肚手巾的年轻人满面羞愧地举起手说道："我是……"

他后面的话还没说完，便被站在旁边的铁工队员拉出了人群。在铁工队员的细细盘问下，这个年轻人吐露了实情。原来，年轻人姓范，之前日军派到侯马的汉奸头子每天给他两块钱，让他给日机标记轰炸目标。今天听了铁工队负责同志的一番话后，知道自己这么做，是民族的败类，良心受到了谴责，所以当场自首。接着，小范还交代了自己所掌握的侯马汉奸中心机关的情况。

当天深夜，在小范的配合下，同蒲铁工队顺藤摸瓜，包围了侯马镇龙王庙附近的一个三合院，这里是侯马汉奸机关所在地，此时汉奸们正在开会。

铁工队员借着夜色轻轻地从墙头跳下来，听到正房里传来嘈杂的声音。他们蹑手蹑脚靠近房屋，上前仔细一听，原来是一个姓张的汉奸头子正拍着桌子对汉奸们训话："他妈的，别吵啦，皇军不是说过了吗，只要好好干，将来都有赏，钱呀，官呀，娘们呀，随你们挑选。一个屌铁工队有啥可怕的？都把胆子给我壮起来。"

门外的铁工队员们一听，气得上前一脚把门踹开，冲进屋内，端着枪对汉奸们喊道："举起手来，我们就是铁工队！"

汉奸们一听铁工队来了，个个吓得浑身哆嗦，有个家伙还连忙跪下，磕头如捣蒜似的求饶道："长官饶命，长官饶命……"

姓张的汉奸头子见是铁工队来了，急忙躲到一个汉奸身后，然后悄悄拿出手枪，偷偷对准离自己较近的一名铁工队员。没想到还没等他开枪，就被另一名铁工队员发现了。说时迟，那时快，这名队员上前就给了汉奸头子一枪，疼得这家伙满地打滚。

就这样，日军派到侯马的 42 个汉奸，不到 3 个小时，便被铁工队一网打尽。同时，铁工队还在特务机关搜出了他们为投降日军而制作的太阳旗，以及从天津寄来的特务经费汇票。经铁工队审讯，姓张的汉奸头子承认了他们在侯马准备接收铁路，建立地方伪政权，迎接日军占领侯马的卖国罪行。

1 月 13 日，同蒲铁路总工会和铁工队在侯马联合召开锄奸大会。会场两侧，一侧写着"甘心当汉奸的杀无赦"，另一侧写着"被诱当汉奸的要自首"，旁边还贴着画有汉奸罪恶活动的漫画。上午 10 时，群众涌向会场。11 时，锄奸大会正式开始，会场上瞬间传出"打倒汉奸""镇压卖国贼""打倒日本帝国主义走狗"的口号声，群情激奋，铁工队宣布枪决罪大恶极的 14 个汉奸，其中就包括那个姓张的汉奸头子，然后将汉奸们拉上汽车，到侯马镇西门外执行了枪决。

同一时间，铁路工人还惩处了一个为非作歹、欺压百姓的大汉奸寇秃子。

同蒲铁工队的锄奸行动，不仅震慑了日军，而且也让其他汉奸的罪恶活动有所收敛。这一消息经百姓口口相传，立刻轰动了整个晋南。阎锡山闻知后，迫于抗战形势，不得不以第二战区司令长官的名义，派山西牺盟会负责人到侯马看望铁工队，并发给他们两面"锄奸先锋"的锦旗、奖金 2000元和步枪 200 支、服装 200 套等。从此，铁工队更是加强了巡逻，维护侯马的社会治安。

十一、铁工队在成长

1938年2月，随着太原以南的火车站逐步被日军占领，又有许多铁路工人也撤退到侯马，加入了同蒲铁工队。

2月15日，介休被日军占领，介休站工人往南撤退。他们途经临汾站时，对这里的工人讲述了日军侵占介休的所见所闻。临汾站的工人决定到介休站进行一次武装侦察，必要时和日军干一仗。经过商量，工人们表示同意，个个摩拳擦掌，于是他们开着一趟专列朝介休而去。

为以防万一，出发前工人们在列车前后两端分别挂了机车，这样是保证在遇到危险情况时，可以及时掉转列车运行方向。同时，他们还携带了轻机枪和步枪、手榴弹，准备随时战斗。

列车从临汾出发，3个多小时后，渐渐靠近介休站，大家进入战斗状态。这时，驻扎在介休站的日军发现了这趟神秘列车，并被吓了一跳。他们以为是八路军来了，立刻全体出动，朝列车开枪射击。临汾站的工人也拿出提前准备好的轻机枪和步枪，狠狠地朝站台上的日军射击，并将一枚枚手榴弹投向日军。一时间，介休站被枪声、爆炸声笼罩着，不少日军被临汾站的工人击中。

考虑到日军的增援部队很快就会赶到，临汾站的工人激战半个小时后开始撤离，挂在后面的车头，牵着列车快速朝南开去。

就在临汾站的工人撤离后没多大工夫，敌人前来增援的骑兵便赶到了，他们杀气腾腾地冲进火车站，拉开架势，准备将"八路军"一网打尽，却发现那趟神秘列车早已不见了踪影。

而日军根本不知道，刚刚勇闯介休站并与他们交手的中国人，只是一群普通的铁路工人。

2月28日，临汾失守。临汾站的工人也撤退到了侯马，加入同蒲铁工队。这时，上级党委指示铁工队向东山转移，具体位置是翼城县曹公村。3月初，铁工队转移到曹公村，与决死三纵队和民族革命大学四分校在这里相遇。由于铁工队是一支工人组建起来的队伍，缺少军事干部，经请示上级，民族革命大学四分校几名之前曾担任红军营长和排长的同志充实到了铁工队中，加强了铁工队的军事训练和军事领导力量。此后，铁工队组织了宣传队，到附近农村发动群众积极参加抗日，又配合翼城牺盟中心区成立农会、工会、妇救会和民兵组织。同时，铁工队还抽调一部分技术工人成立修械所，负责修理枪支，并派出队员到同蒲铁路沿线和中条山一带开展游击活动。其间，有一次铁工队以7个队员的力量袭击了日军的13辆汽车，其他队员埋伏在铁道线附近破袭铁路，使日军的火车出轨掉道，运输受阻。

这支抗日武装，虽然只有少量的枪支，甚至只有大刀、长矛，但是他们心里始终有一个目标，那就是把日本侵略者从中国赶出去。

同蒲铁工队这棵幼苗，在党的哺育下茁壮成长，并在接下来的日子里，有的队员加入党组织，到中共中央北方局接受训练和学习；有的队员被送往延安深造；有的队员加入朱德总司令的卫队，为朱德站岗放哨；有的去保卫党中央、保卫毛主席，另有不少党员干部被分派到地方工会去开展工作。剩下的队员，则继续战斗在山西。

1938年3月，南同蒲铁路被日军全部侵占。眼看着自己昔日工作的地方被敌人抢去，成为日军运送侵略物资、掠夺山西资源的工具，铁工队员们既气愤又痛心，心中的抗日怒火越烧越旺。他们一边沿着中条山，在曲沃、新绛、夏县、沁水、芮城、翼城等十几个县，播撒革命的火种，唤醒更多的群众走上抗日道路，一边用铁路工人特有的方式狠狠地打击敌人。

　　侯马—闻喜一带的南同蒲铁路，山多、弯道多，挖方深、填方高，熟悉地形的铁工队决定利用这一特点，进行破路翻车，打击敌人，可当铁工队第一次拆开两条钢轨，准备让敌人的列车翻车时，就被狡猾的敌人发现了，从此日军加强了警惕。几天后，铁工队又悄悄地拆卸了连接钢轨的夹板，可松动的夹板又被敌人的压道车检测出来。铁工队经过商量，决定用工具剁掉连接枕木与钢轨的道钉帽头，再假装钉在枕木上，使敌人看不出破绽，压道车也检测不出问题。这一次果然奏效，当敌人运送弹药的列车行驶到这一路段时，钢轨突然断开，列车脱轨坠入深沟。

　　列车上的弹药因撞击而爆炸，隐蔽在铁路两侧的铁工队员们站在高处，将一枚枚手榴弹投了过去，炸得敌人四处逃窜。

　　铁工队的行动无疑给日军以沉重的打击，让日军的铁路运输受到严重影响。为了防止铁路继续遭到铁工队破坏，日军想了许多办法，比如在钢轨上撒石灰，在铁路两侧架设铁丝网，在铁路附近埋设地雷，在铁路两旁修公路及建护路碉堡等，但这些都无法从根本上阻止铁工队的破路行动。有一次，铁工队炸毁了敌人的4台机车、15辆车厢、1辆发电车，还破坏了1公里的铁路线、300多根枕木，打死、打伤250人，致使日军的火车连续7天不能运行。

　　同蒲铁工队的这些行动，大大增强了当地群众的抗日信心。

十二、鱼水情深

同蒲铁工队锄奸、打日伪的事迹在晋南和晋东南等地区传播开后，群众对这支队伍越来越喜欢。在乡亲们眼中，这群铁路工人与八路军战士一样，是在真正抗日。在长期的战斗中，群众与铁工队结下了深厚的鱼水之情，在铁工队遇到意外时，也会自发地去保护。

有一次，铁工队员李盘喜生了重病，媳妇又快要生孩子，队部把他们送到翼城县的一个村子里，想让农会帮着找个地方将两人暂时隐蔽起来。

这件事被一位军属大娘知道了，她找到农会干部，要求把李盘喜夫妇安排到她家。

当天晚上，农会干部便把李盘喜夫妇安顿到了大娘家。大娘看到他们，就像看到了自己的孩子一样，特意给他们做了旗花臊子面（晋陕地区的一种面食，形状像旗子），热情地端到二人面前。

此时，李盘喜虽然重病在身，但是心里一直惦记着打日本人的事，所以即便是看到飘着葱花香味的面片，却怎么也吃不下去。这可把大娘急坏了，想到罐子里还攒着一点蜂蜜，便又给李盘喜冲了碗蜂蜜水，劝他喝下，并鼓励他快快养好身体，早日上战场打日本人。

李盘喜看着大娘像母亲一样照顾自己，感动得热泪盈眶。就这样，李盘喜夫妇在大娘家住了下来。几天后，李盘喜的病情加重，恰好这时他的媳妇也生下了孩子，大娘就更加忙碌了，一边照顾李盘喜，一边照顾他的媳妇和刚出生的婴儿。李盘喜和媳妇心里都过意不去，坚持要下炕干活，大娘说什么也不答应。

一天，大娘的孙女从外面跑回来，气喘吁吁地说日本人进村了。为了不拖累大娘一家，李盘喜决定出门躲避，大娘却拦住了他，并嘱咐他躺在炕上，无论发生什么事都不要动。

不一会儿，一个汉奸翻译领着日军来到了大娘家。看到躺在炕上的李盘喜，日军大声喝问道："他是你的什么人？"

大娘镇定地答道："我娃。"

日军两步跨到炕前，哗地掀开盖在李盘喜身上的被子，指着大娘问李盘喜："她是你的什么人？"

李盘喜答道："我娘。"

日军捏着李盘喜的下巴凶狠地看了看，又来到大娘面前恶狠狠地打量了一番，然后大吼道："八格牙路！良心大大的坏了坏了，他的八路八路的干活。"说完就扇了大娘一个耳光，鲜血很快顺着大娘的嘴角流了出来。

看着眼前的这一切，李盘喜恨不得立刻下地和这个日军拼了，但一想到大娘的嘱咐，只好忍住心中的怒火躺在那里。

日军把屠刀架在大娘的脖子上，逼她说出谁是八路军。正在这紧要关头，农会的一个干部跑了进来，并装作很热情的样子对日军说："太君，鸡子大大的有，蜜西蜜西的好？"

日军一听，收起了屠刀，指着大娘和炕上的李盘喜问农会干部："他的，良民的是？"

农会干部急忙回答："良民的是，我的担保，我的担保。"日军这才离开了大娘家。

经过一段时间的调养，李盘喜的身体渐渐好了起来，当他得知铁工队的队友们正在破袭敌人的铁路、炸毁列车后，归队心切的他决定立刻返回铁工队。临走前，为了感谢大娘的照顾，他给大娘劈了许多柴火，把水缸里挑满了水，将积的肥送到了地里。李盘喜的媳妇还把自己积攒了多年的几尺黑布拿出来，给大娘做了一条裤子。

临别那天，大娘一送再送，不舍得他们离开，李盘喜和媳妇走出了很远，回头看到大娘还站在村口望着他们。

十三、收编风波

　　虽然同蒲铁工队深受群众喜爱，但是与老百姓意愿相反的是，国民党当局把铁工队视为眼中钉、肉中刺，一直想把铁工队拔掉，可他们的如意算盘几次都落了空。

　　1938 年 3 月中旬，铁工队准备到上甘泉村一带活动。队伍出发前，决定留一部分铁工队员在翼城县曹公村抓全面工作，其余 100 多名铁工队员重新编成一个大队，队长刘明、指导员杨钰、副队长于明、政治主任袁致和、参谋长刘建明。

　　国民党当局得知这一消息后，授意一个叫张人杰的土匪头子趁这个机会，带领大批人马前去缴铁工队的械。

　　3 月 18 日，张人杰带着人马来到曹公村，解除了留守铁工队员的武装，并把队员们聚集到一个大坑里，在四周支起机枪，强词夺理道："你们不抗日，去抢粮食，简直是土匪。我要把你们都枪毙了。"

铁工队员们一听，都气坏了。几名站在前排的队员斥责道："你个混账王八蛋，这是人说的话吗？你颠倒黑白，混淆是非，破坏抗日队伍。我要问问你，是谁在捉拿汉奸？是谁在打击日寇？是谁在消灭土匪？你们才抢老百姓的粮食，应该把你们都枪毙了！"

前排队员的话音刚落，后面的其他铁工队员也都跟着斥责道："张人杰，你们不抗日，还破坏抗日队伍，真是天理难容！"

"张人杰，你狼心狗肺！"

……

大家的指责，像针一样扎在张人杰的身上，他恼羞成怒，对铁工队员叫嚣道："你们都住嘴，不然我就要开枪啦！"

铁工队的一位负责同志走上前，用炯炯有神的目光环视了一下四周，然后从容不迫地大声说道："当兵的弟兄们，你们开枪吧，铁工队是不怕死的。不过你们最好还是想想，你们打的是什么人？日本鬼子糟害你们的父母妻子，你们不去打，偏偏要打自己人，这是什么道理？你们还有点良心没有？"

这时，其他铁工队员一起上前，挺胸高声唱道：

枪口对外，齐步向前，不伤老百姓，
不打自己人。

……

唱完之后，所有铁工队员齐声喊道："开枪吧！"可是，奇怪的事情发生了，铁工队员们并没有等到枪声。他们朝坑的四周看去，张人杰和他的队伍不知什么时候已经撤走了。原来，张人杰此次前来的目的，是收缴铁工队的枪支弹药，现在目的已经达到，担心制造出血案激起民愤，所以赶紧带着人马撤走了。

张人杰离开曹公村后，又来到上甘泉村，包围了这里的铁工队员，准备缴他们的械。为了逼铁工队员们就范，张人杰命手下把袁致和等人吊起来拷打，杨钰、李新民、戴云程、刘建民等铁工队员上前与张人杰理论，并高呼"中国人不打中国人""抗日无罪"，阻止张人杰的行为。

张人杰看到铁工队员们誓不屈服，担心事态扩大后对自己不利，便将袁致和等人放了，佯称是一场误会，然后带着手下离开了。

这次事件过后，铁工队虽然遭受了一些挫折，但是他们抗日的决心没有丝毫动摇，大家决定把队伍再组织起来。同时，上级党组织也派人来帮助他们。

当时，铁工队面临的最大困难是没有了枪支。经商议，他们一方面在作战的时候向日伪夺取，另一方面成立了一个小型修械所，专门为国民党83师修理枪支，在修理枪支的过程中，他们把这些送来修理的枪 3 支并作 1 支，5 支并作 2

支，然后把省下来的零配件藏起来，重新组装。慢慢地，铁工队又有了一些枪支，再加上此后他们又和决死队一起围剿、打垮了张人杰与孙殿英的土匪队伍，夺回了不少枪支，两个多月后，铁工队便又武装了起来。

国民党当局一看武力解决不了问题，便准备把铁工队收编后为己所用。当时铁工队员们主要靠老乡给的糠和麸充饥，连双像样的鞋子也没有。于是阎锡山瞅准时机，派人给铁工队送来了面粉和衣物，劝铁工队归顺自己，但队员们让来人怎么送来的，就再怎么带回去，并对前来收编的人说："要编，你们归'铁'字。我们就是穷干、苦干、干到底，死也不离'铁'字。"弄得前来收编的人只好灰头土脸地回去交差。

十四、铁道健儿逞英豪

　　1938 年夏季，晋南大地到处是青纱帐。此时，同蒲铁工队也已转移到翼城附近一段时间了。经过训练，队员们的求战情绪越来越高。铁工队队部经过认真研究，决定利用青纱帐做掩护，攻打侯马。因为侯马不仅是通往太行、吕梁山区的交通枢纽，而且也是军事战略要地。攻打此处的日军，会起到敲山震虎的作用，让其他地方的敌人闻风丧胆。

　　就在铁工队决定攻打侯马的第三天，驻当地的国民党 14 军的一个参谋突然找到铁工队，提出想和铁工队一起攻打侯马。原来，对方知道铁工队对侯马地形熟悉，与群众关系融洽，同时 14 军也想利用铁工队的力量打出名声。

　　大敌当前，抗日为重，铁工队决定和国民党 14 军共同攻打侯马。为了进一步弄清楚驻扎在侯马日军的情况，铁工队决定先派两名队员去城内侦察敌情。

这天正逢侯马有集，人来人往。两名队员乔装打扮成农民模样，肩上背着布褡子，胳膊上挎着竹篮子，大步流星来到侯马镇城门口。还没等日军守卫开口盘问，他们便朝日军深深鞠了一躬并问道："太君，良民证的要不要看看？"

日军守卫上下打量了一下两人，看他们是老乡装扮，便放松了警惕，有些不耐烦地挥了挥手："开路开路的。"

两名队员就这样顺利进入侯马镇，将日军的据点和兵力分布侦察了一番。下午5点多，他们离开侯马，朝翼城走去。途中，正好与两个骑着高头大马的日军迎面相遇。

两个日军根本没把路旁的两人放在眼里，趾高气扬地准备从两名铁工队员面前经过。两名铁工队员互相使了个眼色，然后迅疾掏出手枪，一人对准一个日军，大声喝道："不许动，动就敲了你们的狗头！"

两个日军被吓得一时呆住了，乖乖地举起双手。两名铁工队员上前摘下他们身上的枪支和东洋刀，然后分别跳上马，一人押着一个朝翼城而去。

两名铁工队员回到翼城县后，向队部汇报了侦察到的侯马情况及抓捕两个日军的经过。铁工队队部与国民党14军经过研究，商定了作战计划。

考虑攻打侯马时，新绛和闻喜方面的日军必定会赶来支援，铁工队决定由自己来打外援。

那是一个漆黑的夜晚，天空乌云密布。侯马镇外激烈的战斗开始了，枪炮声响彻夜空，火光也映红了大半边天。日军凭借碉堡等工事的优势，死死守在侯马不敢出击，等待救援队伍的到来。国民党 14 军只能在城门口鸣枪放炮，怎么也攻不进去。僵持中，新绛和闻喜方面的日军收到情报，紧急出动增援侯马的日军。

半夜，从新绛方向增援的日军开着 8 辆汽车疾驰而来。这时，早就埋伏在公路两旁青纱帐里的铁工队员，准备投入战斗。

增援的日军十分狡猾，担心青纱帐里有埋伏，所以在距离青纱帐不远的地方警惕地停下了车，然后用机枪朝高粱地里猛烈扫射，进行了一番火力侦察后，发现没有异常，这才放心地向前行驶。

很快，前面的 5 辆汽车开进了铁工队的伏击圈。随着一声令下，铁工队员们端起机枪，拉响手榴弹，对着日军就是一阵扫射和轰炸，打得日军慌忙跳下汽车，抱头鼠窜。后面 3 辆汽车上的日军一看情形不妙，吓得急忙掉头逃回新绛，再也不敢出来增援侯马了。

同一时间，负责阻拦闻喜方向增援日军的铁工队员们，也将距离一片青纱帐不远的铁道线破坏了，几百米钢轨上的道钉被全部锯断。当闻喜方向的日军接到增援任务，开着火车行驶到被铁工队破坏的铁道线上时，只听得轰隆轰隆几声巨响后，整列火车在惯性的作用下，向前冲了一段距离，接

着便坠入了一旁的山谷中。铁工队没费一枪一弹，便将这列
火车上增援侯马的日军全部消灭了。

　　打退了新绛和闻喜的增援日军后，铁工队很快撤退到侯
马附近，与国民党14军一起攻打侯马，并一举收复了侯马。
接着，铁工队又继续追击逃跑的日军，在一个隘口处，烧毁
了敌人停在那里的30多辆汽车，并破袭了敌人的一段铁路，
组织附近礼元堡的乡亲，将破袭地段的钢轨、枕木、道钉拆
下来埋到地下，让日军的行车再次陷入中断状态。

　　之后，为了粉碎日本侵略者利用铁路掠夺山西煤炭资源，
实行长期军事占领的罪恶计划，同蒲铁工队又多次与抗日军
民开展了破路活动。他们扒钢轨、割电线、锯电杆、炸桥梁、
截火车，致使铁路三天两头不能通车，极大地牵制了日军的
行动。

十五、一个铁工厂

就在铁工队破袭铁路、宣传抗日的同一时期，还有一部分队员组织建起了一个铁工厂，这些队员大多来自临汾车务段，有300多人。

1938年初，从临汾车务段赶来加入铁工队的工人们，虽只有数十人，但他们经过商量后，做出一个大胆的决定：破坏铁路，运回钢轨制作枪械打击日军。

破坏地段选在南同蒲铁路的临汾和张礼两站间，因为经过侦察，大家发现这一地段的铁路，日军没有派重兵把守。5月20日深夜1点，38名工人在高日升工友的指挥下，披着夜色从王村出发，经城隍、贾得等村庄，来到铁道线旁。此时大地万籁俱寂，大家拿着工具，熟练地开始拧开钢轨上的夹板螺丝，然后松开钢轨与枕木上的螺栓，接着用撬棍将钢轨拆下，一会儿他们就拆了10多根钢轨。看看离天亮还有一段时间，他们又破坏了三四里铁路，这才两人一组，扛着10多根钢轨撤回山中住处。

这群铁路工人用钢轨制造出了大刀、长矛、撅把子枪和一台手工机床及铁锹、锄头、犁铧等农具，缓解了物资紧张的状况。之后，又有许多铁路工人加入进来，他们增加了打铁设备，并开始试制七九式步枪。

试制七九式步枪，对这群铁路工人来说，并不容易，因为此时他们的技术水平还停留在生产农具和制造大刀长矛的层面，因而几次试制都以失败而告终，再加上从铁路上拆回来的10多根钢轨也已用完，经费也没有来源，少数工人思想有些动摇，但大多数工人对七九式步枪的试制充满信心。6月初的一个深夜，他们再次准备从敌人的铁道线上拆除一些钢轨。为了保险起见，10多名工人手持大刀，前往临汾尧庙一带的铁道线旁打前站，在确定没有敌人的装甲车巡逻后，其余人员携带工具分3组进入铁道线，按规定每组拆钢轨4根。

就在大家快速拆除钢轨并扛着离开时，驻守尧庙的日军发现了他们。日军向铁道线方向先后发来炮弹，工人们在爆炸声中撤退到一个安全的地方。

钢轨运回铁工厂后，工人们就又开始试制七九式步枪。渐渐地，附近的抗日游击队也知道了这个铁工厂，枪械出现了问题、缺少了零件，也都送到铁工厂来修理。为了支持抗日，铁路工人在修理枪械时，从不收取修理费，与抗日游击队建立了深厚的感情。

试制七九式步枪，仅有材料是不够的，还需要刨、钻等车床，这些设备困扰着铁工厂，于是负责铁工厂的高日升找到临汾抗日民主政府河东办事处，希望办事处能给予经费上的支持。河东办事处主任肯定了铁路工人的抗日热情，但也表达了政府同样面临经费困难的现状。此时恰逢第六专署成立，高日升又带人赶往赵城，寻求第六专署河东办事处主任裴丽生的帮助。

途中，高日升他们经过汾西的一个修械所，经熟人介绍进去参观，看到里面有8尺和6尺铁床各1部、牛头刨床1部、钻床1部，另有其他设备，能修理迫击炮、机枪。高日升他们看着这些设备，心生羡慕，心想如果铁路工人有了这些设备，一定能造出七九式步枪。

从修械所出来后，天色已晚，高日升他们加紧赶路。汾西境内山高树多，夜间常有野兽出没，高日升他们摸索到半山腰，在一个山洞中休息了一夜。第二天继续赶路，乘船来到赵城县南门处，谁知刚一下船，就遇到日军的扫射，同行的一名工人左臂中弹，血流不止。高日升背着这名工人躲避到附近的村庄做了简单包扎，天黑后出村继续前行。

次日天亮后，高日升他们终于在赵城石门峪村找到第六专署河东办事处，见到了主任裴丽生。看着眼前的几名铁路工人及听了他们试制七九式步枪的计划后，裴丽生大为赞赏，并给他们开了公函，要求临汾抗日民主政府河东办事处想办法给铁工厂解决问题。

高日升他们拿着公函准备返回时，裴丽生给了他们每人10元的路费，并鼓励他们早日试制出七九式步枪。

带着裴丽生写的公函，铁路工人来到临汾抗日民主政府河东办事处，但办事处一时筹集不到经费，只能给他们一些粮食补助。

没有筹集到经费，铁工厂的工人们并没有气馁，一边给当地公安局修理枪械、制造大刀，一边向当地有手艺的铁匠、钳工和懂土枪制造的老乡打听一些机器设备的线索，多方寻找。1939 年春，牺盟会派人与他们取得联系，希望他们能加入牺盟会。

考虑到牺盟会组织健全，能够领导工人抗日，而且有一定影响力，于是铁工厂的工人们全部加入了牺盟会。

牺盟会看到这些铁路工人抗日积极性都很高，因此经常利用晚上召开座谈会，给他们讲革命道理，并组织大家学习《论持久战》等著作，工人们渐渐懂得了更多的道理，思想觉悟和认识水平有了较大的提高。

加入牺盟会不久，在牺盟会特派员的组织和当地公安局的掩护下，铁工厂的工人准备对铁道线再进行一次大规模的破袭，地点依旧选在临汾和张礼间。

6月下旬的一天深夜，铁工厂的上百名工人一到铁道线，就两两一组迅速散开，拧螺丝、松夹板，拔道钉、拆钢轨，然后将拆下来的30多根钢轨抬到距离铁道线300米外的地方，接着把枕木一排排架起来，用提前准备好的煤油浇在上面，一把火点燃。

随着枕木燃烧起来，这一地段的铁道线顿时成了一片火海，铁路工人在火光中迅速撤离，抬着钢轨向东边的大山而去。附近的日军发现铁道线起火了，知道铁路工人又来破袭，于是急忙朝火海方向连续开炮，而这时的铁路工人已满载而归。

随着铁工厂的名气越来越大，越来越多的游击队找到这里，委托他们修理枪械。铁路工人对修理的枪械极其负责，每次修好后，都要到村子后面的山沟里进行实弹试验。游击队的干部和战士常常出入铁工厂，被汉奸和特务察觉，报告给了日军。7月中旬，日军准备到王村进行"扫荡"，临汾抗日政府河东办事处获知这一消息后，下令铁工厂立即转移到贾家庄，因为那里距离城镇较远，山势险峻，易于隐蔽。铁路工人接到命令后，立即收拾设备。为了保证铁工厂安全、快速转移，河东办事处给他们派来50名民夫、10辆马车。3天后，铁工厂转移到了贾家庄，后又转移到深山中的贺家庄。

贺家庄只有30多户人家，是一个小村庄。铁工厂转移到这里后，在一座庙宇中支起设备，然后抓紧生产，同时坚持七九式步枪的试制。不久，他们通过手工造步枪的技术，费了很大周章，终于试制出了3支七九式步枪。

1939年冬天，第六专署河东办事处通知铁工厂的高日升等人参加训练。临行前，工人们经商议，委托高日升他们在训练时送给裴丽生一支七九式步枪。

此时正值敌人冬季"扫荡"，携带一支步枪从贺家庄到石门峪途中有一定的危险性，但铁路工人还是决定带上这支步枪。途中，他们避开大路，翻山越岭，三天三夜后到达第六专署河东办事处。高日升和工友找到裴丽生，裴丽生一看到他们，就关切地问道："听说你们铁工厂搞得不错，造出了步枪，有没有带一支来？"高日升答道："我们带来了一支。"裴丽生一听，高兴地催促道："快拿来看看。"高日升让工友把七九式步枪拿过来，交到裴丽生手中。

裴丽生拿着步枪，面露喜色，仔细端详，然后不住地夸赞道："不错，不错！"然后又拉开枪栓，看了又看，问高日升："打的准头怎么样？"高日升实事求是地答道："试验结果250米直线引弹，300米以上弧线引弹，坐力不大，比不上机器制造的规矩。"裴丽生听后，接过他的话说："打日本鬼子能用就行，慢慢提高质量。"说完，准备把枪还给高日升。高日升没有接枪，他真诚地对裴丽生说："这支步枪是我们铁工厂的工人们送给裴主任的，代表了全体工人的心意，请裴主任收下。"

裴丽生听说是铁路工人的心意，便高兴地收下，然后叫身边的战士去取一些子弹，带着大家去试枪。

各县前来参加训练的同志听说要试枪，也都跟了出来，想一睹七九式步枪的风采。

一行人来到东山沟，高日升拿起步枪，拉开枪栓压上子弹，以一个山崖的石峰为目标，扣动扳机。砰的一声，子弹射了出去，不偏不倚，打中石峰。接着，高日升又砰砰连开两枪，均打中石峰。周围的同志看后，又惊又喜。这时，裴丽生也走上前，拿过枪，连开三枪，子弹也都击中目标，于是他由衷地夸赞道："不错，不错。铁路工人真伟大，我要写封信，谢谢他们！"

为期一个月的训练结束后，高日升他们准备返回贺家庄，裴丽生叮嘱他们："铁工厂的工作很有必要，回去后一定要继续搞好。"

高日升一行回到铁工厂后，有人向他们建议，可以到洛阳中央赈济委员会去筹集资金，购买车床等设备。高日升和工友们商量后，决定带人去趟洛阳，希望争取到一定的资金，改善工厂设备，为抗日将士制造更多的武器。

从贺家庄步行到洛阳，路途遥远不说，途中还会遇到日军，危险无处不在，但高日升他们还是上了路。行至翼城时，他们遇到一股"扫荡"的日军，行至绛县和垣曲一带时，又与一股荷枪实弹的日军相遇……

就这样，高日升和工友费了很大周折才赶到洛阳，找到中央赈济委员会，从那里筹集到 2000 元法币。当时物价上涨得厉害，货币贬值，2000 元法币虽不算多，但高日升他们还是用这些法币在洛阳购买了修理枪械用的材料、配件、18号弹簧、小型工具等，然后每人背着一个沉甸甸的包袱，翻山越岭朝山西返回。行至塔儿山时，遇到去附近抢劫的土匪，高日升担心身上的枪械材料被抢，急忙和工友爬到半山腰，躲入洞穴中，直到第二天山下土匪离开后，他们才继续赶路。

虽然一路险情不断，但是高日升他们总算回到了贺家庄。屈指算来，从他们出发到返回，整整用去一个月的时间。当他们疲惫而高兴地走进庙宇时，却发现没有了铁工厂的影子。心急如焚的他们经打听，才得知他们走后，日军前来"扫荡"，铁工厂奉命转移到了浮山县李家庄。于是高日升他们又赶往李家庄，找到铁工厂。有了这些带回来的材料和配件，铁工厂为游击队修理枪械时，速度更快、质量更高了，游击队员用这些枪械，狠狠地打击了日军。

十六、编入八路军部队

1938年夏，中共晋豫特委决定扩大八路军队伍。于是，根据指示，同蒲铁工队300多人到阳城编入八路军晋豫支队。这些铁工队员编入晋豫支队后，绝大部分跟随支队参加战斗，还有一部分经过选拔、训练后，被派往八路军总部特务团工作。

这年7月，铁工队又新编一个大队，到南同蒲铁路沿线的闻喜、夏县一带，配合地方政府开展工作。铁工队开赴闻喜、夏县后，立刻配合地方政府开展各项工作和活动，地方各牺盟会负责人早就听说过铁工队的事迹，对这支队伍表示了极大的信任和欢迎。

铁工队到夏县后，多次组织进行了游击战斗，其中在收复北史村的战斗中，不仅赶走了敌人，而且还消灭了10多个敌人，缴获了许多军用物资。当地百姓闻知后，无不赞扬：

"铁工队吃小米，不吃白面，打起仗来真能干！"

在与敌人斗争的同时，铁工队还继续发挥铁路工人的专长，多次到南同蒲铁路破袭敌人的交通线，拆除并搬走钢轨和枕木。

看到铁工队员们骁勇善战，沿途的百姓都禁不住对他们竖起了大拇指："有铁路工人武装抗日，日本鬼子休想很快打通南同蒲铁路。"

除了破袭铁道线外，铁工队还进行其他抗日行动。一次，铁工队一支20多人的小分队从西安扩军回来，准备返回闻喜一带。当他们途经芮城时，听说这里刚从其他地方开过来一批日军，考虑到敌人还没站稳脚跟，于是小分队决定突袭芮城，打敌人一个措手不及。

商定好方案后，铁工队员们连饭也顾不上吃，便沿着蜿蜒崎岖的小路，快速朝芮城而去。

夜深人静，队员们悄悄地靠近了芮城。在此之前，驻扎在芮城的日军从没有和铁工队交过手，也不知道铁工队已经具备了游击作战的本领，更不知道铁工队的一支小分队此刻就在城门口。他们自以为兵强马壮，无人能敌，所以把一切都不放在眼里，天一黑就休息了。

铁工队员们很快便来到了城门口，经过侦察，他们发现城门口只有一个伪军站岗，而且由于天气寒冷，站岗的伪军正缩着脖子，心不在焉地靠在墙角避风，嘴里还时不时地打着哈欠。

看到城门守卫如此松懈，一名叫王友三的铁工队员轻手轻脚地从后面走过去，在这个守卫还没有察觉的情况下，用手枪对准了对方的脑袋，并小声喝道："举起手来，不许出声！"

这个伪军被王友三的出现吓了一大跳，浑身哆嗦着问："你们是什么人？"

王友三二话没说，扑上去干脆利落地干掉了这个伪军。后面的20多名铁工队员借着夜色掩护进入城内，直奔日军大队部。

日军此时睡得正香，根本没想到有人会夜闯自己的大本营。当铁工队员破门而入，像天兵天将一样出现在日军面前时，日军顿时目瞪口呆，慌了手脚。还没等他们起来反抗，铁工队员们枪中的子弹已经像雨点一样射向了他们。

午夜的日军大队部，枪声、手榴弹的爆炸声此起彼伏。驻扎在城内其他地方的伪军听说铁工队来了，顾不上增援大队部的日军，四散逃窜，拼命向城外跑去。

就这样，刚刚驻扎进芮城的100多个日军和400多个伪军，死的死，逃的逃。第二天，铁工队在城内贴出布告，向群众揭露了日伪军的滔天罪行，宣传抗日救国的道理和八路军的方针政策。

群众得知铁工队帮自己赶走了日伪军后，都跑出来欢迎铁工队，并给队员们送来了猪肉、麻花、柿饼等慰问品，有的老乡还在慰问品上贴上红纸，上面写上祝福和感谢的话。

驻扎在芮城的日军虽然被赶跑了，但是铁工队员们知道，日军决不会就此善罢甘休，他们一定还会再回来抢占芮城，于是做好了战斗的准备。果不其然，几天后，日军通过侦察得知袭击他们的铁工队只有 20 多名队员，于是组织兵力进行反扑。在敌强我弱、敌众我寡的情况下，铁工队员们临危不惧，与日军展开了一场生死较量，并在敌人的枪林弹雨中杀出一条血路。不幸的是，王友三因身负重伤，没能突出重围，被日军抓捕。

虽然受尽各种酷刑，但是王友三始终坚持抗战的决心，至死不肯向敌人低头，为革命流尽了最后一滴血。

1938 年 9 月，在闻喜、夏县一带开展工作的铁工队，接到上级党组织和铁工队领导的指示，要求他们开往浮山县三交村，编入决死三纵队新成立的游击 10 团。游击 10 团是共产党领导的革命武装，团长雷震是一位老红军，战斗经验丰富。铁工队加入游击 10 团，比单独活动力量要大得多。

闻喜、夏县一带的铁工队根据这一指示，很快开赴浮山县三交村，编入游击 10 团。

这些铁工队员被编入游击 10 团后，开始了游击作战。他们摸炮楼、炸汽车、惩处汉奸，矫健的身影活跃在浮山、壶关、平顺和长治一带。1939 年 2 月，驻扎在浮山县城的日军进犯山区抗日根据地，抢夺百姓财物。游击 10 团掌握这一情况后，在浮山四十岭一带打击敌人，日军在进犯途中遭受阻击，被迫退回县城。

战斗结束后，山区百姓为表达对游击 10 团的感谢之情，派代表送来了猪肉和慰问信等。此后，铁工队员跟着游击 10 团与敌人又进行了多次较量。

1939 年 6 月，包括青年抗敌决死队在内的山西新军，所有连以上干部到陕西秋林镇受训。12 月，阎锡山密谋消灭全部决死队（称十二月事变）。其间，决死三纵队的顽固旧军官实行军事叛乱，屠杀共产党人，使决死三纵队遭受重大损失。当时，游击 10 团虽处于阎锡山的晋军和国民党 42 军的包围中，但由于全团指战员的警惕性极高，在团长的带领下，铁工队员和游击队员一起突围，及时转移到太岳抗日根据地。

在太岳抗日根据地，铁工队员虽经过种种锻炼后，被编入八路军太岳第二军分区 129 师 386 旅 16 团，成为后来八路军炮兵团的主力。至此，由正太和同蒲铁路工人组建起来的铁工队，逐渐从工人武装发展为正规部队的骨干力量。铁工队的领导干部也全部转到军队和地方党政部门、工会系统工作。

据统计，抗日战争全面爆发后，仅同蒲铁路就有 2000 多名工人参加了八路军、游击队、决死队等革命队伍，400 多名工人被先后输送到抗大、联大、党校，还有一部分铁路工人去了延安。

十七、战斗在敌人的铁蹄下

日军侵占山西后，为尽快恢复铁路运输，伪满洲铁道兵团开始对山西铁路实行军事管制，没有来得及撤退的铁路工人被强制上班。同时，从东北、华北等地抓来的大批民夫也被迫修复铁路。经过大半年的时间，铁路才勉强全部修通。接着，日军开始利用铁路掠夺山西的煤炭等资源。

山西有着丰富的物产资源，且日军企图通过山西进而占领华北乃至全中国，因而日军将山西铁路视作自己的生命线，但令他们没想到的是，这条生命线却掌握在不愿做亡国奴的铁路工人手中。

铁路工人被迫上班后，日军对铁路工人在经济上实行配给制，包括粮、棉、油、盐、火柴等，都少得可怜，铁路工人的生活十分艰难，政治上更是没有言论和人身自由。日军还在各个火车站安排了便衣特务，这些特务看哪个工人不顺眼，便不由分说抓去压杠子、灌凉水、坐电椅、放狗咬、插竹签。太原北站机务段有一口枯井，日军把工人折磨死后，便扔进枯井，还有不少工人被抓走运到日本当劳工。

同时，日军还对铁路工人采取其他统治手段，如在车站、厂区和住宅区四周派警宪驻守，使工人和外界隔绝；在铁路工人中实行连环保制度，迫使工人互保不罢工、不反日，不与游击队联系；经常在各地区间调动工人，企图造成工人间互相不信任，防止工人团结反抗；以家属为人质，防止工人进行反日活动；实行恐怖政策，对稍有爱国活动的工人，即送往日军司令部关押；严禁工人组织任何团体；以小恩小惠收买人心，实行所谓的"糖果政策"；利用奸细冒充抗日分子和八路军混入工人中，企图把抗日工人一网打尽；实行奴化教育，企图消灭工人的阶级意识和民族意识；实行各种凌辱手段，强迫工人举着太阳旗进工厂，向日军行鞠躬礼，稍有反抗便打骂、罚跪等。

身在日军统治下的铁路工人生活暗无天日，再加上日军在铁路工人中组织新民会，强迫工人读新民课本，灌输奴化思想，宣传和平反共，他们便三三两两团结在一起，偷偷反抗日军。这时，中国共产党为了组织沦陷区的铁路工人开展斗争，通过地下工会与铁路工人们取得了联系。

在中国共产党的组织和影响下，这些铁路工人牢牢记住了"三不忘"：一不忘东北和华北大片国土被日军铁蹄践踏，中国人民过着亡国奴的悲惨生活；二不忘要与日本帝国主义侵略者和封建把头进行斗争；三不忘给日本人干活也要做一个热爱祖国的中国工人，并与日军开展针锋相对的斗争。

1938年冬，在晋东南地委工委的领导下，留守正太铁路的工人成立了正太铁路地下抗日总工会，由晋东南地委工委书记兼任工会主席，主要任务是组织铁路工人配合八路军对日军开展斗争。

最先加入地下抗日总工会的是一名叫范有忠的道班工人。他在一次巡线中，拾到一张共产党散发的传单，于是带回道班房，小声对工友们说："好消息，共产党的传单散发到咱们铁道线上啦！"大家一听，纷纷围上前，只见传单上面写着：

团结起来，打倒日本鬼子！
共产党是人民的大救星！

大家正欣喜地传看时，一个叫田太郎的日本工头突然闯了进来。范有忠眼疾手快，急忙把传单塞进口袋。田太郎看到后，上前从他身上搜出传单，并骂骂咧咧威胁工人。血气方刚的范有忠一怒之下，将田太郎痛打了一顿，然后离开火车站，投奔抗日根据地的八路军。不久，他接受组织安排，扮成小商小贩，挑上货担，到正太铁路沿线各火车站及村庄去叫卖，悄悄宣传跟着共产党共同抗日。

在范有忠的宣传下，很快就有许多铁路工人准备去投奔八路军。范有忠告诉大家，扛枪上前线是抗日，参加工会、破坏敌人运输也是抗日。接着，他向大家布置了具体任务：了解各站驻有多少日军、多少枪支，每天有几趟军列通过，这些军列是武器弹药车还是粮草物资车。同时，他还要求大家随时准备配合八路军破坏铁路。

很快，阳泉一带的火车站就串联起来，且各站也都悄悄地成立了自己的地下抗日工会，在铁道线上建立起了联络网。这些地下抗日工会在进行抗日斗争的同时，还根据上级要求，负责掩护八路军和抗日工作人员乘坐火车或通过铁路，暗号是：红旗（灯）表示危险，绿旗（灯）表示安全，并在一些火车站建立了党的地下组织。

正太铁路有了地下抗日总工会后，同蒲铁路的工人也成立了自己的地下总工会。在两路地下总工会的带领下，铁路工人自发地采取消极怠工、偷走器材等办法对付日军，并利用各种机会进行小规模的斗争。

1938 年 7 月，鸣李火车站工人通过观察，发现日军每天下午 4 点，都会从太原向南开出一趟军列，于是将这一情报提供给榆次路北游击队，并提前将扳手、撬棍等铁路专用工具放到与游击队约定的地点，使游击队成功破袭了铁路，毁坏了敌人的军列。

1939 年，榆次西站装卸工人刘小山、张丑儿、李来成等人在日军的监视下，将棉纱、棉布、药品和食盐偷偷带出来，交给榆次北山游击队，并为游击队传递情报。榆次站调车员刘连城、装卸工李来成等人在地下党员的组织领导下，配合秦（基伟）赖（际发）支队，里应外合袭击了日军设在榆次西站的货场和仓库。其间，游击队长苏良才带领队员3次偷袭火车站，均取得了成功，并杀死日军14人，缴获了敌人的大量物资。

1940年，正太铁路工人有组织地举行了暴动，阳泉站工人包围了整个火车站，致使运输瘫痪。

1941年3月，晋察冀北岳区总工会召开第三次代表大会，会上确定了加强正太、同蒲和平汉铁路工作的方针。决定在总工会成立"铁路工作委员会，专设一人，领导与加强各个铁路上的工作"。在晋察冀北岳区总工会的带领下，山西铁路工人的民族自尊心、自信心和抗战的决心进一步增强。

1941年11月，北同蒲铁路长畛养路工区工人举行罢工，运输秩序陷入一片混乱。

1942年6月，原平车站8名工人被发展为地下工作者，他们利用乘车之便，经常给八路军运送物资。一次，他们在配合游击队袭击火车站时，身份暴露，有2名工人被捕，其他人员撤出铁路，组织起一个抗日武装斗争小组，继续活动在原平一带，并在接下来的一年时间里，破坏敌人铁路和桥梁50多次，配合八路军游击队3次攻入原平站。

　　1943 年初，一名地下党员被日军抓捕，关押在榆次西站的宪兵队。车站工人趁敌人不备，砸窗跃入宪兵队牢房，救出那名地下党员，掩护其离开。

　　1943 年，霍县火车站的 15 名工人在工作中秘密侦察敌人的军事运输、兵力调动、弹药囤聚情况，并将收集到的情报提供给上级。其间，他们还把偷来的武器弹药，悄悄运出火车站，送给当地游击队，甚至还把敌人的电话拆掉、电话线剪断，送给八路军，使日军联系受阻、中断。同时，他们还配合同蒲铁工队破袭铁路，炸毁桥梁，打停火车。这一时期，敌人的部队调动，车上所运物资，运了多少、运往何处等情况都被他们侦察得一清二楚。八路军和同蒲铁工队得到这些情报后，有针对性地对火车站进行破袭，狠狠地打击了敌人。

　　1944 年，北同蒲铁路工人配合八路军，里应外合切断铁路 60 公里，破坏桥梁 19 座，使日军控制的北同蒲铁路一个多月没有通车。子洪火车站警务段警长曹怀技等 5 人，趁敌不备，携带轻机枪 1 挺、步枪 7 支离开火车站，投奔抗日队伍。

　　此外，还有蒲州养路工区的工人，他们在奋起反抗中砸死了一个叫小田三郎的日本工长；大同机务段的 20 多名工人，痛打帮助日军作恶多端的一个大汉奸；原平机务工人巧用调虎离山之计，打死一个叫谷口的日军。

1944 年，在各地党委城工部的指导下，同蒲、正太铁路各站工人联络点工作得到进一步加强，破坏敌人的交通要道，为我军进行反攻做出了积极贡献。

一次，太岳军区计划对日军进行反"扫荡"。在计划实施前，太岳军区准备先瓦解日军。于是，在一个深夜派人潜入侯马，找到侯马火车站的工人董蔼民，将一大卷传单交给了他，并叮嘱道："这些传单是对敌斗争的有力武器，务必在两三天内张贴出去，以配合反'扫荡'，达到分化敌人、瓦解敌人的目的。你和你的工友在张贴时一定要细心大胆，做到绝对保密。"

董蔼民接过传单，表示一定完成任务。

传单内容有好几种，有的传单上画着一个日本母亲，在月光下呆呆地望着天空想念儿子；有的画着一个日本妻子，独自一人在家中思念丈夫；有的用中文和日文写着鼓动日军反战的话："日本士兵都是群众，你们受着日本军国主义者和资本家的剥削与压迫，现在却反为他们卖命当炮灰。"

董蔼民看完这些传单后，想到该怎么做了。第二天，他找来几名工友，准备好糨糊和刷子等工具用品，待到午夜时刻开始行动。

根据提前安排好的分工，他们两人一组，分头将传单贴在火车站进出口最显眼的地方、车厢上、售票房门上、日本站长室和城内日军驻扎的地方。最后，他们把手中剩下的传

单撒到日军活动密集的地方。

天亮后，日军发现到处是八路军的传单，惊恐万分。日本宪兵队为此全部出动，全城搜捕八路军，但折腾了一整天，什么也没搜到。这一下，日军更加人心惶惶，坐卧不宁了。

铁路工人张贴和散发的传单，被日军看到后，产生了一系列反应。他们有的偷偷从侯马逃到附近的山里，希望有中国人收留他们，遭到拒绝后，靠乞讨为生；有的悄悄来到寺庙里，朝着家乡方向悬梁自尽。

驻侯马日军军心的瓦解，为接下来太岳军区进行的反"扫荡"起到了重要作用。

山西铁路工人抗日的身影，不仅活跃在山西的中部和南部，在北部的大同地区，抗日的怒火同样在每个铁路工人的心中燃烧着。

1937 年 9 月 13 日，日军侵占了大同。1938 年 10 月，党组织派人到大同铁路扶轮小学，以教员身份作为掩护，进行地下工作，组织和发动铁路工人与日军斗争。

1940 年 8 月 20 日，为粉碎日军对华北各抗日根据地的继续"扫荡"，打破其"以铁路为柱，公路为链，碉堡为锁"的"囚笼政策"，大同—朔县一带的铁路工人密切配合八路军主力部队 15 团及地方武装，先后 4 次破袭大同—朔县的铁路，每次约 40 公里，打乱了敌人的指挥系统，切断了敌人的军事运输。

1941 年 11 月，在中共大同工委的组织下，大同铁路工人把一列日军火车翻到了口泉沟里。

1943 年，大同铁路工人配合当地武装，炸毁了口泉—大同运煤铁路上的十里河大桥。

据统计，抗战全面爆发后，大同铁路工人在党的领导下，进行大小战斗数十次，破坏铁路 400 多公里，炸毁、破坏桥梁 20 多座，破坏机车、车辆 80 多台（辆），天镇、阳高两站的货物仓库和粮库被铁路工人烧毁。同时，大同站的铁路工人还秘密解救了被日军抓捕并准备运往日本做劳工的同胞。

十八、勇救同胞

日军侵占山西后，除了掠夺山西资源、奴役山西民众、杀害无辜百姓外，还抓捕了许多男子，运到日本当劳工。

大同火车站是日军转运这些劳工的一个主要车站。为了解救这些同胞，铁路工人在日军的眼皮子底下，一次次勇敢地砸开车门。

1942年2月的一天，北风呼啸，雪片飞舞。天快亮的时候，大同火车站的工人戚德华和王世绪一起去检车。两人刚来到火车站南端，就听到从旁边的闷罐车里传来一阵啼哭声。哭声在风雪中时断时续，让人揪心。

想到最近日军正在中国抓捕劳工运往日本，两名工人便警觉起来。他们提着灯，顺着哭声向闷罐车走去。

他们来到闷罐车前，举起手中的灯凑上前一看，立刻被眼前的景象吓了一跳。只见3辆闷罐车被连在一起，不仅每辆车的铁门上挂着一把大大的锁，而且就连车上的小窗户也被严严实实地封住了。戚德华和王世绪把耳朵贴近铁棚车，听到哭声中还夹杂着伤病者的呻吟声和重重的叹息声……

两名工人气愤道："这是鬼子又抓我们同胞运往日本呀！""决不能让鬼子的阴谋得逞！"这时，一阵脚步声从远处传来，只见几个黑影悄悄地朝这边跑来。戚德华和王世绪定睛一看，发现来人是火车站的几名工友，原来他们也是在工作时听到哭声，所以跑过来想看看发生了什么。

"这3辆闷罐车上装的全是劳工，白天从河北开来的。据我所知，天一亮这些人就要被运走。"一名负责调车的工人说。

"一当劳工就算是入了半截子土，这3辆车上的人算是完了！"

"咱们得想办法快点救出他们！"

"我们用铁锤把锁子砸开吧，把车上的人全放出来！"

"车站的鬼子值班站长还没睡，万一砸锁声被他听到了怎么办？"

"我想想，咱们救了人，怎么对付鬼子。"

一时间，大家陷入了沉默。此时，风越刮越大，闷罐车里的哭声直往人心里扎……

"不用想了，再不救人，天就亮了。我俩去盯住鬼子站长，你们快干吧，救同胞要紧！"

"那好，咱们都是中国人，谁也不准走漏了风声！"

"对，咱们都是中国人，为了同胞，干吧！"

凛冽的寒风中，大家在闷罐车前你一言、我一语地商量后分头行动起来。其中两人回去盯住值班的日本站长，剩下的人开始砸锁救人。

黑暗中，有人抢起铁锤，朝车门砸去。随着咣当一声，第一辆闷罐车的门锁被砸开了，接着哗的一声，车门打开，塞满人的闷罐车里摔下来几名劳工。

劳工们也看到了眼前的铁路工人，一名劳工气若游丝地问道："你们是……什么人，这儿是……是什么地方？"

工人们答道："是自己人，这儿是大同火车站，你们快跑吧！"

几名劳工听后，上前紧紧地握住这些铁路工人的手，声音颤抖着说："谢谢你们，好同胞！"随后，先下车的几名劳工转身对车厢里的其他人喊道："大伙儿快下来逃命吧，是铁路工人大哥救了我们！"

车厢里的劳工一听，互相搀扶着下了车。接着，铁路工人又将后面两辆闷罐车上的锁子砸开，被解救的劳工们又惊又喜，急忙跳下车，对铁路工人千恩万谢。

这时，在车站负责盯着值班日本站长的工人跑来告诉大家："不好了，鬼子站长听到嘈杂声，正带人往这边来。"

正在现场帮助劳工们逃跑的铁路工人一听，大声对车上和车下的人喊道："快跑啊！日本人来了！"说完，他们就指点让大家往河套方向跑，并用手中的照明灯具为劳工们照亮路面。

不一会儿，值班的日本站长就带人赶了过来，发现抓来的劳工被人放跑了，又急又恼，赶紧集合队伍，准备抓捕。趁着乱哄哄之际，几名铁路工人悄悄地离开了事发地点。

天亮后，气急败坏的日本站长把火车站的工人找来。他先是问调车的工人："是不是你们的干活？"调车的工人连忙摇头分辩道："我们的两只空手，干活的不了。"日本站长没有办法，又问负责检车的工人，检车的工人也说自己除了检修车辆外，什么也没干。

看到从这些铁路工人口中什么也问不出来，日本站长无可奈何，只好作罢。大同站的工人们，则继续秘密地与日军斗争着。

除此之外，还有很多山西铁路工人也在敌人的铁蹄下战斗着。正太铁路的工人，还参加了著名的百团大战。

十九、战斗在正太线上

1940 年夏，日军加紧了对我敌后抗日根据地的"扫荡"，企图彻底摧毁我抗日根据地，消除后顾之忧。敌人的残酷封锁和分割，使我华北抗日根据地日益缩小，大片土地变成了游击区。

为了粉碎日军的图谋，打破日军的"囚笼政策"，八路军总部决定以青纱帐为掩护，在雨季来临前，对日军占领的交通线发动一次大破袭，主要是发起破袭正太铁路战役，切断日军由平汉铁路运往山西的补给，使太行、晋察冀抗日根据地连成一片。

战役打响后，铁路工人在沿线地下抗日工会的组织下加入战役，他们频频破坏铁路，致使正太铁路的事故不断发生。

这些铁路工人大多是道班工，为八路军扒铁道、破坏敌人运输提供工具并传授技术。

日军为了保住交通线，防止铁路工人与八路军联合破袭铁路，除了在沿线各站增派军队外，还下了一道命令："各道班工人吃住一律在火车站，晚上不许回家。"同时，日本工头也加强了对这些工人的监视，晚上不断去道班房清点人数，并威胁工人如果暗通八路，死路一条。工人们出去干活前，日本工头还要搜他们的身。

日军之所以这么做，是因为他们怀疑铁路工人中有人私通八路军，但又抓不到把柄，所以想借此切断铁路工人与八路军的联系。另外还有一个原因，那就是把道班工人看管起来，铁路在夜间一旦遭到破坏，可以随时让这些工人去抢修。

日军采取的这些手段，刚开始给工人们的抗日活动带来了很大的困难。因为在此之前，党和工会的干部大多是利用晚上到工人家中去开展工作，布置任务，破坏铁路也大多在夜间进行。

就在这些铁路工人寻找办法应对日军的控制之际，他们通过观察，发现日军特别怕死，白天只敢待在火车站里，从不敢到干活的现场去。工人们把这一情况汇报给地下抗日工会，各站地下抗日工会经过商量，决定利用日军的这一弱点，把开会地点转移到线路上，有什么任务需要布置或者开会，就由巡道工传递消息，然后大家到指定的地方集合。

就这样，在为期5个月的战役中，铁路工人与上级党组织、工会的联系，不但没有被日军切断，反而更加密切了。

每当大家接到破袭的通知后，就会向日本工头假称某一地段的铁路出现了问题，需要抢修，然后瞒着日军，将破路用的工具提前运出火车站，隐藏到破袭地点。待战斗一开始，趁敌人被八路军打得东躲西藏之际，这些铁路工人便奔向破袭地点，汇入百团大战的队伍中，对铁路进行破袭。

在各参战部队、游击队、民兵和铁路工人的奋勇作战下，8月25日，正太铁路西段基本为太行部队控制，沿线的大小火车站、据点接二连三被我军民占领和拔除，并在"不留一根钢轨，不留一根枕木，不留一座桥梁"的战斗口号下，军民对铁路、公路及其一切附属建筑物进行了彻底摧毁，钢轨和枕木能搬的全部搬走，不能搬走的就地烧毁或埋掉。战役期间共破袭铁路948公里、桥梁213座、火车站37个、隧道11座、钢轨217440根，其中正太铁路3个多月都没能通车。

铁路工人在党的领导下，在这场战役中起到了应有的作用。

《中国铁路发展史》一书中这样写道：

1940年8月，八路军发动的"百团大战"的第一阶段是以交通破袭战为主，当时各铁路工人积极配合八路军，对掌握在敌人手中的正太、平汉、同蒲等铁路进行了英勇的破坏和袭击……

　　总之，铁路工人和全国工人一样，曾在最艰苦的年代里，用自己忠贞果敢的行动，表明了他们真正是中华民族解放战争中最坚决最彻底的战士。

十九、新的怒潮

就在正太铁路工人与八路军破袭铁路时，在山西的东南地区，又有一条铁路出现了。

这条铁路，就是白晋铁路。

白晋铁路北起祁县白圭，沿伏羲河、昌源河、浊漳河，跨太行山脉西部山脊进入地势相对平坦地区，至晋城大口村，属于同蒲铁路的一条支线，也是太原通往晋东南地区的一条主要通道，全长 300 公里左右。

白晋铁路的勘测和修建时间，略晚于同蒲铁路一年，于1934 年开工建设，同样是由阎锡山的晋绥兵工局修筑。

白晋铁路从太行山和太岳山经过，沿途山高沟深，修建起来颇为费力，所以进度也相对较慢，直到 1937 年秋天，路基才断断续续修到长治潞安。此时，日军侵入山西，正在修建的白晋铁路，被迫停了下来。

1937年11月8日太原失守后，一部分八路军以长治境内连绵起伏的太行山为屏障，建立起了晋东南抗日根据地。

1938年初，日军占领了山西的大部分地区。根据山西地形和交通路线，日军一方面为了消灭活动在晋东南一带的八路军抗日力量，切断太行区和太岳区的联系；另一方面为了达到长期占有和掠夺上党盆地的煤炭、铁矿等丰富资源的野心，决定修筑一条从祁县东观到潞安长子门的铁路，定名东潞铁路，并计划待这条铁路通车后，像在其他铁路线上一样，实施"囚笼政策"。

所谓"囚笼政策"，就是"以铁路为柱，公路为链，碉堡为锁"，配合装甲车密集巡逻，随时发现、打击和消灭活动在铁路两侧的抗日队伍。具体到东潞铁路，则是要打击和消灭活跃在晋东南一带的八路军。同时，将各类资源经东潞、同蒲、正太、平汉铁路运到平津口岸然后再运往日本。所以这条铁路建成后，从军事方面来说，直接威胁着我抗日军民；从经济方面来说，上党盆地丰富的资源将被日军窃取。

日军也十分清楚这条铁路的重要性，为此调来本国的工程技术人员对东观—潞安区段进行勘测。在勘测中，他们意外发现了阎锡山的晋绥兵工局修建起来的白晋铁路路基，包括桥墩、隧道等，于是欣喜若狂，在此基础上稍微进行了调整。次年2月，日军逼迫从全国各地抓来的民夫开始修建这条铁路，4个月后开始铺轨。1940年7月，东潞铁路全线通车，沿途设东观、子洪、盘陀、来远、南关、分水岭、南沟、漳源、牛寺、固亦、沁县、新店、虒亭、夏店、东周、常村、呈寺、潞安 18 个火车站，并在沁县设一总段。

东潞铁路竣工后，由于大多利用的是白晋铁路的基础设施，因此人们习惯上还是将其称为白晋铁路。

鉴于白晋铁路的重要性，日军为了守住这条铁路，从宪兵队到警备队、特务川上工作队等组织，经常武装搜捕，以通匪的名义乱抓乱扣铁路工人，并对这些工人进行残酷镇压。也因此，白晋铁路的工人无论之前来自哪里，都对日军的行径恨之入骨，形成了新的怒潮。

当时，山西铁路工人在正太、同蒲、平绥铁路都成立了自己的地下抗日工会和武装组织，因此 1940 年春夏，随着白晋铁路分段通车，上级党组织很快便派人来到这条铁路工人中间，宣传抗日救国思想。在中国共产党的领导下，白晋铁路工人不顾个人安危，在太行山中刚刚修建起来的这条铁路线上，千方百计开展秘密活动，为我军搜集物资、传递情报，破坏敌人交通,配合我军作战。为了打破日军的"囚笼政策"，八路军和沿途民兵、游击队从未停止过对这条铁路进行破袭和打击，并发起了白晋战役。在这次战役中，白晋铁路工人也纷纷加入进来。他们配合八路军炸桥梁、翻火车、搬钢轨、烧枕木、破路基，将敌人刚刚修建起来的 100 多公里铁路全部破坏，并毁坏大小桥梁 50 多座、火车 1 列，毙伤敌人 350

多人，还将拆下来的钢轨运送到黎城黄崖洞，制作成武器，继续打击、消灭敌人。

白晋战役打破了日军的"囚笼政策"，取得了战役的胜利，鼓舞了抗日军民的士气。这也是白晋铁路工人首次参加的抗日行动，大家深受鼓舞，抗日信心倍增。

之后，白晋铁路出现了一支神秘的铁道飞行军。这支由武乡民兵自卫队组成的铁道飞行军，其名气不亚于同一时期活跃在山东鲁南地区的铁道游击队。他们在八路军太行三分区的领导下，除协同八路军作战外，还单独作战274次，破坏铁路230里，拆除钢轨5.2万多斤，割电线7300多斤，炸毁、烧毁铁路桥梁17座，击毁敌人军用火车2列，毁坏机车8台、车厢142辆，烧毁敌人站房5处、仓库42间，燃烧汽油400余桶，毙伤伪军150余人，打得敌人闻风丧胆。

而这背后，都离不开铁路工人的暗中帮助。为了配合铁道飞行军作战，许多火车司机或道班工人专门在铁道飞行军埋伏的地段将行驶中的列车停下来，配合铁道飞行军将车上的物资转移并破坏铁路、拆除钢轨。每次行动结束后，为了应对日军的怀疑和审问，这些火车司机和道班工人都会让铁道飞行军故意将自己打伤，然后"浑身挂彩、缺胳膊断腿"地回去向日本人交差。

1943年冬季的一天，日军又对我抗日根据地进行"清剿"和"蚕食"，八路军太行三分区指示沿线部队和游击队、民兵要抓住一切有利时机打击敌人。铁道飞行军队长安正国决定派人到附近火车站去侦察一番，从而有目标地袭击敌人。副队长乔山流得知后，胸有成竹地主动请缨："分水岭火车站有咱们的内应，进出都很方便，我先去摸摸情况。"

第二天早上，乔山流挑着货郎担子，扮成小贩，沿着盘山小路直奔分水岭火车站。在车站工人的帮助下，他悄悄靠近站长室，没多大工夫，便听到屋子里传来一个日军翻译向车站警务段、机务段大小头目传达任务的声音："明晚 12 点从太原开来的 37 次军用专车，要严加戒备，保证安全通过。车上是新运来的骑兵，决不能出任何岔子。太君说了，谁要是出了问题，就要砍掉谁的脑袋。"

获得这一重要情报后，乔山流准备离开，被日军察觉。在车站工人的掩护下，他在险境中巧妙脱身，离开车站，把情报带了回去。第二天晚上，铁道飞行军的 30 多名成员埋伏在分水岭火车站南边的五里铺，待敌人运送骑兵的列车一出现，铁道飞行军的队员们就一跃而上。火车司机一看铁道飞行军来了，故意放慢车速，让他们都攀上来列车，进入车厢，将敌人的骑兵打得落荒而逃。

而在这条铁路上，更多的工人在中国共产党的领导和影响下，成立了自己的抗日工会和武装组织。他们为太行、太岳两大抗日根据地传递情报，抗击日军。其中，沁县火车站的工人们，是这条铁路上最具代表性的群体之一。

沁县位于山西长治北部，是上党的北大门，自古以来就是兵家必争之地。太原沦陷后，朱德、彭德怀、刘伯承、邓小平、徐向前、彭真、薄一波、宋任穷、安子文等都曾在这里活动过，并率领八路军、决死队、太岳军区党的领导机关在这里开创了以沁县为中心的晋东南抗日根据地，领导人民同日军展开了英勇的反侵略斗争。

日军为了夺取沁县这块战略要地，实现以此地为依托过黄河进攻西北的计划，1938年4月纠集3万多兵力，发动了针对晋东南的九路围攻。

之后，日军为了实现其"囚笼政策"，推行所谓的"治安肃正"，修建了白晋铁路，强行将我太行、太岳抗日根据地分割开，并在沁县设置了这条铁路上最大的火车站，站内设有机务、工务、列车、警务4个大段，车辆和电气2个分段，总人数达1000人左右，其中日军有百余人。

白晋铁路的通车，对太行、太岳抗日根据地和整个晋冀鲁豫边区威胁很大，尤其是在日军实施"囚笼政策"后，八路军仅凭正面的对敌斗争是远远不够的，于是上级党组织决定将这条线路上的广大工人发动组织起来，控制白晋铁路，随时给予暗中破坏，使其不能畅通，尽可能地迟滞与延误敌人的物资、军队运输，从而减少敌人对太行、太岳抗日根据地的威胁。

1939年秋—1940年6月，中共沁县县委敌工站组建起

来，开始了沁县早期对敌伪的工作。1941 年，太岳军区层层建立了由党政军有关领导干部组成的对敌斗争委员会及垂直领导的敌区工作系统。其间，他们派出党员和关系到白晋铁路秘密活动，将条件成熟的铁路工人发动组织起来，进行抗日思想宣传教育。在中共沁县县委敌工站的领导下，早就想团结起来抗击日军的铁路工人，于 1943 年在日伪盘踞的沁县火车站秘密成立了地下白晋铁路职工会。

白晋铁路职工会成立后，上百名思想政治好、有民族气节和抗日热情的工人率先加入进来，并推举吴向贤任主席，张吉祥任组织委员，张火云任宣传委员，张怀宝任物资搜集委员，杜善保、李有德、曹吉祥为一般委员。

加入白晋铁路职工会的工人，分散在各个单位，其中沁县机务段人员最多。

在沁县机务段开火车的司机、副司机和机手，大部分都是日军从太原机务段逼迫过来的。这些工人中，有年龄偏大的，也有才十几岁的。其中有一名叫高国柱的机手，因年龄不大，还不懂得如何抗日。直到有一天，他回到沁县南门口的住处，看到几个日本人任由狼狗将绑在树上的一名工友活生生地咬死，他的内心在滴血的同时，也发出阵阵呐喊：决不能做亡国奴！

不久，高国柱发现自己身边的材料员贾天河是一名地下党员，于是向对方靠近，跟着贾天河秘密开展地下工作，完成贾天河交给他的任务。因为他知道，自己虽然没有参与什么惊天动地的大事，但是这样的行为同样是在为抗日做贡献。

而在沁县火车站，像高国柱这样痛恨日军、不愿做亡国奴的年轻工人，还有很多。他们对敌人安排的运输任务采取敷衍应付的态度，能拖则拖，能推则推，相互约定做一名身在曹营心在汉的关羽式的爱国志士。同时，为了支援太行、太岳抗日根据地的斗争，当这些铁路工人得知我军工厂需用工具钢时，便千方百计从敌人那里搞到；当得知我党政军各机关除了需要照明用石油外，油印用的石油也很急需时，他们便多次利用夜色掩护，偷偷打开敌人的石油库，将煤油、汽油灌入桶中，运往抗日根据地；当得知太岳军区因缺少电话，影响信息和命令传达时，他们就将敌人的电话割下来，送到太岳军区司令部。

在日常运输中，铁路工人更是处处留心。虽然他们这么做，对敌人通过白晋铁路的各种运输情况谈不上百分之百掌握，但是对敌人的重大军事运输任务还是能打探到的。比如，每天敌人开出几趟列车、运来多少枪械、卸下多少弹药，铁路工人都能打探到，并及时传递给敌工站，再由敌工站汇报给上级，使我军及时掌握敌人的行动和部署，这对于打击敌人起到了很重要的作用。

铁路工人的作用越来越凸显出来，在接下来围绕破袭和打击敌人的铁路运输中，太行、太岳军区也都派人提前通知铁路工人配合侦察，获取情报，从而取得了战斗胜利。一次，铁路工人接到沁县大队直属排准备袭击沁县机务段的通知，于是配合直属排行动，两次袭击机务段，割走敌人的电话，打乱敌人的运输计划，使敌人惶恐不安。

1943 年早春的一天，吴向贤接到通知，赶到 59 团驻扎地——佛堂岩附近一个叫瓜皮垴的小山村开会。他一到会场，团长就告诉他："我团准备对沁县敌人进行一次较大的破袭战，要抓住敌人的要害，战斗效果要尽量大，能震慑敌人。你在铁路上工作，对情况比较熟悉，你意如何搞？"经过一番思索，吴向贤建议将战斗目标放在机务段，重点炸坏敌人火车，他告诉团长："沁县机务段共有各种型号的机车三四十台，除在长治、南沟两个机务所值外勤的四五台外，每晚在线路上行驶的还有三四台，晚上在段内放的机车有二十五六台。同时，我们职工会的力量在机务段较多且集中，如果我们用头号大铁雷在有火的机车炉膛内放一枚，放的时候将火压住，待放完后一起将机车风门开启，用火温燃烧铁雷，使有火机车先爆炸，然后再利用爆炸的威力，炸毁所有无火机车和其他设施，不仅可以将机务段夷为平地，还能将在机务段值夜班的日本人，以及位于机务段东南角碉堡内警务段的一个加强班全部歼灭。"

团长听了吴向贤的建议和计划后，表示赞同。经过慎重思考和研究，大家决定将战斗目标就放在沁县机务段。接着，团长一边向上级汇报，领取地雷；一边安排吴向贤回去组织力量，查看地形，绘制一幅沁县机务段地形图，然后与团参谋长李凯旋制订详细的作战计划。

吴向贤回去后，通知工人中的骨干当晚便在暖泉村外面的西山坡上召开了会议，传达了拟定的作战计划。大家听后，一致认为这个计划既打击了敌人的要害，又能发挥铁路工人的作用，纷纷要求加入这次行动。

会议结束后，大家兵分两路：一路负责查看地形，绘制机务段地形图；一路负责串联发动周围工人，并制订了详细的作战计划。由3名工人拆掉南道岔，实施爆炸计划后，使机务段内的机车不能开出去，外面的装甲车也开不进来；4名胆大心细、手脚麻利的工人向机车炉膛内放置铁雷，铁雷安放好后，拉3声短促的汽笛，将火车风门立即开启，然后所有人员迅速撤离到机务段西边的漳河岸边崖下。

安排好这一切后，吴向贤再次前往59团，将情况做了汇报。团长为了确保此次战斗必胜，当即派4连连长随吴向贤到沁县机务段周边察看地形。吴向贤将4连连长带到自己家，把他化装成一名铁路工人，带着他到机务段进一步察看地形、了解敌情，特别是对装甲车及停放地点、作战地点和撤退路线等进行了实地察看。

一切准备就绪，只待战斗命令下达，而就在此时，敌人对太岳抗日根据地开始"扫荡"，59团接到任务紧急转移到外围，打击牵制敌人。团长随即派人通知吴向贤，暂时放弃破袭机务段的作战计划。

虽然这次袭击沁县机务段的计划没有实施，但是铁路工人的思想觉悟、战斗能力、组织能力得到了很大的提高。在之后八路军袭击东周站、新店站等战斗中，铁路工人都配合部队提前侦察敌情，并利用工作之便将绘制好的地形图送给八路军，然后再开始行动。一次，太行军区的八路军在袭击驻太平村日军的一个加强连时，铁路工人提前坐火车到太平村，将敌人情况全部摸排清楚后，带着八路军进入太平村袭击，一举歼灭了日军的加强连。

还有一次，太行军区某部队在铁路工人的配合下，袭击沁县机务段，烧毁了半个机车库和大部分机器设备，并将油库点燃，使库内各种油类全部燃尽，还活捉了一个日本检车员。

另外，铁路工人还配合敌工站破坏沁县机务段的机车照明设备，用电话诱捕了敌人的一个队长，对其进行教育后，令这个队长写下悔罪书和立功决心书，建立了关系。

除了直接或间接参与作战外，这些铁路工人还利用工作之便，破坏敌人的机车设备，顺走机车上的关键配件、工具和其他物资，或者在敌人运输繁忙的时候消极怠工、旷工，打乱和迟滞敌人的运输计划。

二十一、在太行山中

　　一次，日军准备二次向豫西发动进攻，需要通过白晋铁路大量运兵、运弹药，夜间也要增开若干趟军列，几乎快要超出了这条铁路的通过能力，机车检修任务也随之增大。沁县机务段的工人经过秘密联络和商量后，一夜之间将修理机车底盘使用的20多把大扳手，用麻袋一起装走藏了起来，严重影响了机车的检修，使机车不能顺利出库运行。中条山战役期间，敌人军运一天一夜就增加了10多趟，工人们便假装生病，消极抵制。

　　铁路工人的种种反抗行为，让日军大为恼怒，他们准备对这些工人采取行动，杀一儆百。吴向贤获知这一消息后，当晚便在沁县机务段等待张吉祥。当看到张吉祥驾驶着机车驶入机务段时，他举起红色信号灯，示意停车，并跑过去悄悄地告诉张吉祥："宪兵队可能又要抓人了，通知大家半夜老地方见，开会商量一下对策。"

　　当天深夜，接到通知的张火云、李有德、杜善保、张怀宝等人赶到宋家沟的地窖里。吴向贤谈了最近敌伪活动情况，分析了形势，叮嘱大家要提高警惕，小心谨慎。

　　开完会后，大家又商量了一些对策。此时，天刚蒙蒙亮，张吉祥和张怀宝因有出乘任务，两人便结伴返回暖泉村的住处，谁知就在他俩刚一进门，还没收拾好出乘所带的东西时，就听见外面传来了枪声，以及狗吠声和日军特务的叫喊声。他们知道，自己的住处已被敌人包围了，接下来会凶多吉少，但他们并没有害怕，而是相约道："我们誓死也不能暴露一点情况，如有条件，我们就是死，也要拼上一个日本鬼子！"说完，张怀宝就先冲了出去。张吉祥看到后，急忙将一捆由自己保管的太岳军区敌工站委托铁路工人散发瓦解日军的传单塞入炕洞内，然后紧跟着张怀宝也冲到了院子里。

　　此时，他们所居住的院子已被敌人重重包围。看到张怀宝和张吉祥先后从屋内冲了出来，敌人将刺刀对准他们，让他俩交代为八路军做过的事情。张怀宝和张吉祥怒目圆睁，强烈反抗。很快，张吉祥的右手腕被敌人的刺刀刺伤，张怀宝也不幸中弹，25 岁的他倒在了敌人的枪口下。

　　杀害了张怀宝后，日军将张吉祥关进沁县火车站警务段的牢房里。当天上午 10 点左右，警务段段长川上指示汉奸特务将张吉祥押上刑庭。

刑庭的对面，就是沁县火车站北端的扳道房，张吉祥看到一名扳道员正遭受敌人的毒打、灌辣椒水，并最终折磨致死。张吉祥知道，敌人这么做，是故意给他看的，禁不住怒火丛生。这时，川上和汉奸揭开墙上挂着的一块白布，用木棍指着问张吉祥："你的八路是？"张吉祥愤愤地回道："我是火车上烧火的铁路工人，什么八路、九路我不懂。"敌人又问："59团八路的有，你的明白？"张吉祥又回答："我不明白。"川上接着又问他129师386旅772团袭击火车站的事，这时张吉祥才看清楚敌人挂在墙上的那块白布上，是太岳军区漳源—襄垣夏店地区军事划分示意图，于是无论敌人再怎么询问，他都一声不吭，气得日军破口大骂，并让特务们对张吉祥进行毒打，把张吉祥折磨得遍体鳞伤，昏死过去。

考虑到张吉祥会开火车，还是一把好手，有利用的价值，日军把张吉祥折磨一番后，将他带回牢房。关了一个多月后，川上和沁县机务段一个日本副段长有一天把牢门打开，将张吉祥带出牢房对他说道："张吉祥你是大大的良民，八路的不是，你回机务段要好好地干活。"张吉祥看着他们，心中暗想，你们这帮愚蠢的家伙，我们铁路地下工作者要做身在曹营心在汉的无名英雄，头可断、血可流，誓死不做亡国奴，为夺取抗日战争的胜利而斗争到底。

在白晋铁路，有无数个像张吉祥一样的铁路工人积极从事抗日活动，获取敌人情报，避免我军伤亡。1943年2月7

日是正月初二，下午吴向贤假意和几个汉奸打麻将，想从他们口中套出一些情报。因为吴向贤通过暗中观察，判断日军在春节期间可能会有所行动。果然，在打麻将中，吴向贤获悉驻扎在沁县的日军准备第二天清晨突袭驻清河村的59团，而且为了确保突袭成功，日军已在初二一早派便衣特务向清河村的水井内投了毒。

吴向贤得知这一消息后，不由得心中一惊。此刻，太阳西下，再过一会儿，城门就要关闭了。为了不引起汉奸们的怀疑，吴向贤又打了两圈麻将，然后找了个借口，不动声色地离开火车站，直奔城门口。

出城后，他考虑到如果按照正常渠道传递情报，恐怕已来不及，于是匆匆跑到暖泉村，找到一名叫王土孩的同志，让其连夜赶到清河村向59团报告情况。

此刻，59团已有不少战士中毒。团长接到情报后，备感情况紧急，立即抽调其他连队及中毒较轻的人员做掩护，组织部队转移，其他中毒较重者则由群众用担架抬着转移。

就在59团转移还未完成之际，敌人已赶到了清河村，但由于吴向贤的情报传递及时，我军已做好了作战准备，在村口与敌人展开了一场激战，打得敌人连连后退。59团安全转移，没有任何损失。

与此同时，铁路工人还机智勇敢地积极参加各种战斗。1943年初冬，沁县军民总动员的反"扫荡"斗争即将开始。

沁县游击大队计划对牛寺站与漳源站之间的茅道沟铁路地段进行破袭，需要铁路工人配合。接到通知后，吴向贤立即带着张吉祥、边元年、史二木、张黄小等 30 多名机务和工务人员，携带破路工具，提前赶到茅道沟地段，配合沁县游击大队进行破路。由于铁路工人既有技术，又有专用工具，一夜之间就拆毁了三四里铁路和 3 座桥梁，还割掉敌人数百公斤的电线，致使敌人的运输被迫中断 5 天。

在茅道沟破袭中，张吉祥等铁路工人深感我军通信器材不足，通信兵为传达战斗命令跑来跑去，既耽搁时间，又不安全。为此，他们决心搞一部敌人的电话送给八路军，以此来解决我军作战指挥的困难。

不久后的一个晚上，张吉祥和张火云通过打探得知，日军准备对我抗日根据地进行大"扫荡"，正日夜从太原往长治运送物资，当晚在沁县机务段值班的段长和副段长是日本人。于是他们带了两枚手榴弹和一把刀子，朝机务段走去。来到机务段大门口后，张吉祥叮嘱张火云："你到机车转盘三角线的墙外西门口等我，我进去割电话。如果你听到手榴弹的爆炸声，就说明我与鬼子搏斗，为抗日牺牲了；如果听不到爆炸声，就说明割电话成功了。"

夜里 10 点多，沁县机务段内的一趟列车正准备开出。张吉祥悄悄来到段长室后墙根的一扇窗户前，朝里一望，空无一人，于是他打开窗户，翻入室内。此时，两个值班的日本人正在隔壁房间忙着安排司机们出乘，丝毫没有觉察到有人翻窗进入自己的办公室。借这工夫，张吉祥用刀子快速地割断电话线，接着拿起桌子上的两部电话，放入早已准备好的煤油桶内，提上煤油桶装作要出乘的样子从屋内往外走。这时，警务段的一个警务员恰好路过，看见张吉祥从段长室走出来，愣了一下，然后掏出手枪拦住张吉祥问道："苦力站住，你拿的什么东西？"张吉祥不慌不忙地回答道："你何必大惊小怪呢，我是个司机，刚跑车回来，都是自己人。"警务员听后，放下枪，松了一口气说道："我怕的是八路，不怕自己人。"

待那个警务员离开后，张吉祥快步走出大门，钻过机务段墙外的铁丝网，与张火云会合，然后两人各抱一部电话，借着茫茫夜色，朝50多里外的我南仁村敌工部而去，并由南仁村敌工部将这两部电话送给了八路军。

那天晚上，由于他们二人将敌人的电话割走，致使敌人行车指挥无法联系。沁县机务段和火车站的日军发现电话被盗后，慌作一团，无暇顾及行车调度，全体出动搜查八路军，造成机车出入库堵塞，军列停发，大"扫荡"也受到影响。

除此以外，当铁路工人听说八路军因缺少食盐，造成许多战士出现夜盲症，甚至有的伤员因没有盐水消毒而伤口化脓时，这些工人又利用下班时间，互相掩护，将敌人的盐偷偷地装进衣袋和饭盒中，带出敌人的监视范围，然后汇集起来送给八路军。当听说冬季来临，八路军缺少棉衣时，他们又暗中侦察敌人运输棉布的车次和时间，将情报传递出去，使列车在中途被拦截，车上的大量棉布被我军所获。有了这些棉布，部队很快做成棉衣，解决了战士们的冬季御寒问题。

在被日军统治期间，白晋铁路的一部分工人战斗在更重要的岗位上，他们在极端困难的情况下，不畏强暴，甘于牺牲，为抗日战争的胜利做出了自己的贡献，被工友们视为地下抗战尖兵。其中，沁县火车站副站长刘儒贤的故事流传甚广。

二十二、孤胆英雄

刘儒贤又名刘向亨，是长治市沁县人。1938年4月，刘儒贤在沁县抗日人民自卫队总部接受自卫队工作员培训。受训结束后，他被分配到西林编村任自卫队工作员，之后分别在南底水编村、上村编村任工作员。

1939年7月，敌人侵占沁县后，刘儒贤来到黑峪沟当了一名小学教员。在敌人"扫荡"的日子里，他总是带着学生隐蔽到周围的大山中，待敌人走后，再回到学校继续上课。在此期间，他成为太行军区情报处的一名情报员。

为了及时掌握日军的行动情况，迅速扭转被动局面，坚决粉碎盘踞在沁县境内的日军对太行抗日根据地的疯狂"扫荡"，1941年，太行军区三军分区奉命抽调军分区情报处谍报参谋刘守中、情报员刘儒贤等人，在距离县城东十几里的西河底村组建起了太行军区三军分区沁县谍报工作站（俗称情报站）。

情报站组建后，为了及时、准确、安全地传递情报，刘儒贤等情报人员经过周密策划和布置，先后开辟了多条秘密交通线，并根据各自特点，有的打入日伪军政机关等部门，有的潜伏到敌人的交通站点和铁路火车站，有的以从事工商企业经营为掩护进行革命工作……

这些情报员一方面发挥优势，想方设法收集传递情报，获取各个据点日伪军、政、警、宪、特人员的组织情况，刺探日伪的军事行动，窃取敌人的军用物资；另一方面利用敌伪人员的关系营救我方被俘人员，护送过往军政干部，并秘密携带我方大量宣传品进城或到各据点散发，相机策反伪军人员，瓦解日伪关系。

刘儒贤深知白晋铁路的重要性，1941 年 1 月，按照上级要求，他来到沁县火车站，成为车站的一名工人。不久，他调入列车段，开始到列车上工作，常常往返于沁县与太原之间。慢慢地，刘儒贤掌握了日军的物资运输、兵力调遣等各方面的情报，且每次掌握情报后，他都会通过联络点将情报转送到南石堠村曹晟家或黑牛沟王庆生家，再由其他同志将情报取走转送军区。

1942 年，刘儒贤被沁县火车站派到位于太原小东门的同蒲铁路局日伪太原铁路学院学习。在这里，他系统学习了铁路各项业务知识、规章制度和日语。毕业后，按照日本阶梯式的提拔制度，刘儒贤先后当了见习车长、车长，这为他收集情报提供了更加有利的条件。

进入 1942 年，日军对我太行抗日根据地实施了更为野蛮的经济封锁，层层设卡，严禁包括药品、盐、火柴、纸张等生活必需品在内的任何物资流入抗日根据地。遵照军分区首长的指示，刘儒贤除了收集敌人的情报外，还利用车长可以随身携带皮包且不需要接受检查的特权和进城不需要出示良民证的便利条件，多次把抗日宣传品夹在公文包里，带进城内秘密散发。同时，他又想办法先后购买到一些药品、盐、照相器材等抗日根据地奇缺的物品，通过情报站送到抗日根据地。有时他还会将敌人的武器弹药、医疗器械等物资偷运出来，送到太行军区。有一次，他从日军那里窃取到一把勃朗宁手枪，立即带出县城，由情报站转送给军分区首长。

针对我军伤病人员缺医少药的情况，刘儒贤还利用上太原和下长治出差的机会，为我军采购稀缺药品。有时他也会携款到太谷县城，想办法买回青霉素等药品，安全送往抗日根据地。

1944 年，刘儒贤再次被派到日伪太原铁路学院学习。学习结束后，他担任了沁县火车站副站长，成为当时被日军占领的铁路上为数不多的中国副站长。

担任副站长后，刘儒贤接到上级布置的一项更为重要的任务，那就是把日军在沁县城内的兵力部署、兵力调动情况一一侦察清楚，并将情报及时送出。由于刘儒贤会日语，所以日军用日文所写的运输货票、运兵客运单、转账支票过账等，他都能看懂。这些情报经他送出去后，很快被我军获知。此外，由于日军每天的运输情况、重要的货运收支都要经副站长审查，之后再交给日本人站长，于是刘儒贤将获得的日伪军用物资运输计划也传递给上级军区。如遇重要情报，上级要求他亲自汇报时，他也会换上便衣，从西河底村穿山而过，到檀山一带的山洞里，向上级军区有关领导同志当面汇报。

尽管在敌人的眼皮底下传递情报十分危险，但是刘儒贤从来没有考虑过自身的安危，一直战斗到抗日战争胜利的那一天。

二十三、十八勇士

　　白晋铁路是山西境内存在时间最短的一条铁路，它全线开通于 1940 年，在广大军民的破袭下，消失于抗日战争胜利前夕，但在这条存在时间最短的铁路上，每天都发生着许多不为人知的抗日故事。其中，发生在南关火车站的故事，成为山西铁路工人抗击日军的一个缩影。

　　南关镇位于山西武乡县境内，日军在此设立了南关火车站。

　　南关火车站是白晋铁路一个较大的火车站，它之所以大，主要取决于它的地理位置。首先，它位于太行、太岳抗日根据地结合部中心地带的南关镇上，这里虽然地处深山之中，却是连接太原和上党两地的必经之处。其次，南关镇也是日军入侵山西后，根据山西地形和交通路线，实施"囚笼政策"的一把"锁"。为了达到削弱太行、太岳两个抗日根据地抗日力量的目的，日军将南关镇这把"锁"看得尤为重要。在占领南关镇后，第一时间便在镇子四周地势较高的山头上修建了4座碉堡，美其名曰护镇之用，其实是为了监视南关镇的一举一动，以便牢牢控制这个军事重镇。

南关火车站位于南关镇南关村村西，敌人在这里囤积了大量的武器弹药和军用物资，为的是发挥南关镇的重要地理优势，在紧急情况下，能快速向晋冀豫三省转运物资和兵力。由此可见，南关火车站是日军侵略晋东南地区重要的军事物资转运基地。据有关资料记载，1939年10月13日，白晋铁路修建到南关镇时，日军还曾举行过庆祝活动，从这一点上不难看出日军对南关镇和南关火车站的倚重。不过，就在日军的庆祝活动刚刚过去4天，129师386旅就在铁路工人的配合下，攻入南关站，烧毁了日军刚刚建起来的火车站，并毁坏日军2部电台，炸毁1座铁桥。紧接着，11月5日，386旅772团又奇袭了南关火车站，炸毁日军汽车10多辆，歼灭日军100多人，缴获电线千余斤，摧毁铁桥1座，并缴获大批棉衣、子弹。1940年5月6日，386旅再次奇袭南关火车站，端掉了日军的2座碉堡，歼灭了大部分守军。1943年4月6日，决死9团也袭击了南关火车站，消灭300多个敌人，缴获各类军需物资和弹药若干。

八路军和抗日军民的一次次袭击，让南关站站长左藤岛一起了疑心，更让驻守南关的日军恨得咬牙切齿，他们怀疑有铁路工人私通八路军，于是恼羞成怒的日军于 1943 年 5 月 11 日拂晓，组织 70 多个日伪军，分别对分水岭—南关铁路沿线的南关、岩庄、石窑会、窑儿头、东沟、阳坡、达对沟、河底、分水岭等村进行了突然搜捕，直到天亮才结束。

其中，仅南关村就有上百人被押到村西火车站的大院内，随后日军又用火车将这些人押送到分水岭据点，连同在附近各村抓捕的群众，共有 360 多人。

到分水岭据点后，在汉奸的告密和辨认下，日军从被抓人员中又重点扣押了 32 人。这 32 人中，有 18 人的家在南关村，而且大多为南关火车站的装卸工和南关城工站人员，掌握着敌人的军事运输情况，所以平时为八路军提供了大量的情报。

这 18 人被捕后，驻分水岭据点日军洪部情报主任亲自对他们进行了审问。虽然敌人用尽各种手段，但是一无所获。

敌人的目的没有达到，便将一名叫孙汉英的领头者单独关进一个特制的木笼中，第二天与其他人一起装入一辆闷罐车，押送到南沟火车站日军洪部。

洪部是日军驻地部队的要害机构，当时在南沟设有一处，南沟洪部专门负责控制白晋铁路，在南关和分水岭设有护路碉堡。

在洪部，日军对被抓捕人员又进行了半个多小时的审讯，依旧毫无结果，于是将孙汉英上交沁县据点的宪兵队，对其他人员准备实施杀害。

6月3日，崔秉礼、孟立忠、李祥儿、李六儿、郭留祥等人被南沟宪兵队杀害。又过了10天，敌人用火车押着剩余人员前往分水岭行刑。途中，火车路过良侯店信号站，敌人又用刺刀残忍杀害了其中的3人。其他人被押到分水岭瓦窑沟，在那里，日军让他们围成圆圈，先让军犬扑咬，接着用刺刀乱刺，最后将尸体推入沟底。之后，孙汉英也被日军打断胳膊、腿脚，关押在沁县的一个木笼内。

由于饥饿，孙汉英将身上棉衣里的棉花撕下来，一口口吃下去。7月的一天，坚决不向敌人吐露我敌工站人员名单和活动情况的孙汉英被饿死在木笼里。

这18人中，年龄最小的刚满18岁。他们虽然牺牲了，但是他们的精神影响了更多的人。在铁路工人的配合下，英勇的太行军民再次攻入南关火车站，继续破坏日军苦心经营起来的铁路设施，捣毁了敌人的军事转运基地，使敌人以白晋铁路扼制抗日力量和掠夺山西资源的美梦又一次破灭。

而就在南关十八勇士倒下的时候，正太铁路的工人也在为抗日战争的胜利勇敢地战斗着。其中一名叫康治安的工人，在被批准加入党组织时牺牲在了敌人的刺刀下。

二十四、血染娘子关

康治安是平定县娘子关城西村人，生于 1921 年，虽家境贫寒，但性格刚强，胆略过人。长大后，康治安来到娘子关火车站当了一名铁路工人。

娘子关号称"万里长城第九关"，位于山西和河北两省的交界处。这个历史悠久的关隘，在险山河谷中为晋冀之间筑起了一道天然屏障，是历代兵家必争之地，也是正太铁路的咽喉。1937 年日军侵占娘子关后，仗着天险优势，在娘子关建立据点，盖起炮楼，残害周边百姓，奴役铁路工人。康治安目睹日军的种种暴行，内心感到无比愤恨。在正太铁路地下抗日工会的影响下，康治安参加了抗日行动，多次利用工作之便，趁夜幕掩护在列车上张贴抗日标语和散发传单，并且寻找机会打入日本宪兵戒备森严的火车站内部，收集日军铁路运输情报，使抗日部队及时掌握日军动向。

娘子关附近有一个叫黄统岭的村子，村里的王二小是个大汉奸，平日里专门与地下抗日工作人员作对，且欺压百姓。康治安早就恨透了这个人，决心找机会除掉这个地头蛇。

有一天，康治安听说王二小晚上要到附近小口村敌人的炮楼里，于是天一黑就和两名工友埋伏在距离炮楼不远的地方，等着王二小的出现。此时，夜色宁静，只有溪水哗哗流过的声音。

一个小时后，王二小哼着小曲朝炮楼方向走来，康治安上前堵住他的去路："不许动！"王二小刚想反抗，康治安便举起手榴弹，狠狠地捶了一下他的脑袋，并对他喝道："你的阳寿到头了！"王二小这时才如梦初醒，大叫一声转身想跑。康治安早有准备，上前一把将王二小的嘴巴捂住："你再敢哼一声，马上就让你脑袋搬家！"

说着，康治安和另外两名工友把王二小拉到路旁，用绳子捆住，并对他说："你做尽了坏事，我们代表抗日民主政府判你死刑，立即执行！"

王二小的死，不仅让周边百姓感到大快人心，而且也让在娘子关一带的日军和汉奸收敛了不少。

1943年夏，由于抗日根据地通信器材匮乏，上级要求康治安从敌占区搞一部电话和通信器材。康治安接受任务后，上级派来两名游击队员配合他。

两天后，娘子关正逢大集。一大早，挑着担子、挎着篮子的老乡就从四面八方向娘子关而来。为了使两名游击队员顺利进入娘子关，康治安一早就来到扳道房前和站岗的伪警察聊天。不一会儿，一个年轻小伙子和一个40多岁的中年老乡朝康治安走来。中年老乡看到康治安，走过去热情地冲他喊道："大侄子，来上班啦？"

"王大叔，赶集去？今天可真热闹。"康治安也与这个中年老乡打着招呼。

站岗的伪警察一看康治安和这两个老乡认识，便也不再盘问。中年老乡这时走过来给站岗的伪警察怀里塞了一把蜡黄色的山杏，请其品尝。伪警察有些犹豫，康治安一看，对伪警察说："别客气，自己人。"伪警察一听，收起山杏，连良民证也没有看，手一挥就让这两人进去了。

下班后，天色渐黑，康治安像往常一样在行车室溜达了几圈，特别是在几个窗户上推了推，然后与值班的日本副站长打了个招呼，便提着饭盒回家去了。

此时，白天的那两个老乡早已在他家中等候。原来，他们并不是什么赶集的老乡，而是组织派来配合康治安智取敌人电话的游击队员。

吃过晚饭，3人商量了一会儿便准备行动。康治安拿着一把老虎钳，两名游击队员从筐里拿出盒子枪，一前一后出了门。

来到火车站附近，康治安让两名游击队员藏在背角处，自己则悄悄蹲到行车室的窗台下观察动静。不一会儿，行车室的电话铃响了。值班的日本副站长拿起电话，接听后对他身边的助理说："你的，外边的接牌，告诉司机，快快的上水，司令命令的快快要开。"说罢，日本副站长一手提着信号灯，一手拿着路牌，向水塔方向走去。助理也提上灯，出了行车室，到站台上去了。

康治安看看行车室空无一人，立刻朝背角处亮了三下手电光。两名游击队员看到后，沿着墙根快步走了过来。3人按照之前商量的方案，开始行动。只见康治安推开窗户，纵身跳进行车室，并从里面一把打开房门。年轻的游击队员一闪身，也进入行车室，留下中年游击队员在外面望风。

康治安来到办公桌前，麻利地拿出老虎钳，顺着电话线嘎嘣了五六下，便将敌人的3部电话全拆了下来，然后他和两名游击队员各抱一部电话，避开敌人的岗哨，飞快地出了火车站，一溜烟向西跑去。

就在他们离开后不一会儿，日军助理接完车回到行车室，发现桌上的3部电话被偷，顿时吓得脸色苍白，急得大叫起来。正在这时，日本副站长也回到了行车室，看到电话果真全不见了，立刻慌慌张张地去找警备队。一时间，娘子关火车站乱了起来，行车运输也被迫中断。

之后，康治安又冒着危险，通过各种方式为抗日根据地送去了电话线、子弹、衣物等物资，抗日民主政府对他的行

动提出了表扬，并奖励他一支防身手枪，以防不测，而康治安也在与敌人的斗争中，变得更加勇敢、胆大、心细。

日军为了守住娘子关，在火车站附近的白堤口铁桥旁边山头上修筑了一座炮楼，里面驻扎着一个班的伪军，为首的班长人称大麻子，专门替日本人干活，做人做事都很猖狂。上级要求康治安找机会除掉这个大麻子。

康治安接到指示后，想办法接近大麻子，并很快摸透了他的性格。原来，大麻子是一个爱贪便宜的烟鬼赌徒。康治安掌握了他的这些癖好后，便开始与他常来常往，吃喝不分，两个人很快就称兄道弟。大麻子为此还专门送给康治安一身伪军服，这样一来，康治安的行动就更方便了。

有一天，娘子关又逢大集，附近老乡从四面八方来赶集。由于康治安平时和伪警察都很熟，所以路过城门口的赶集者，只要与康治安打个招呼，伪警察便连看都不看一眼，就连人带货都放进去了。

晚上下班后，康治安与白天混进城的游击队员接上了头，并和带队的队长仔细研究了行动计划。做完这些后，康治安换上了伪军服，别了一枚手榴弹，大摇大摆地向铁桥边的炮楼走去。

"班长！班长！"康治安边往里走边对大麻子喊道。大麻子一见是康治安，立刻笑脸相迎，并招呼几个伪军打起了麻将。

一个小时过去后，康治安估摸约定的时间差不多了，便站起来对旁边的一个伪军说："伙计，替我打一圈，我去解个手！"然后又拍了一下大麻子的肩膀说："等着吧，回来给你连锅端。"说罢，不慌不忙地走出了炮楼。

康治安来到桥头，装作若无其事的样子，拿起手电向不远处亮了三下，又扭头和站岗的伪军聊起了天。这时，早已埋伏在附近的游击队员悄悄地出现在了站岗伪军的身后，用枪口对准了他的脑袋。

这个伪军惊出一身冷汗，正要反抗，康治安迎面举起手榴弹对他说道："不许嚷嚷，动一下就砸碎你的狗头！"这个伪军一看平时称兄道弟的康治安竟然是"八路"，立刻吓得像木头人一样，不敢动一下。

接着，康治安让一名游击队员看住这个伪军，自己带着其他几名队员冲进了炮楼，大声对里面的伪军喊道："不许动！举起手来，谁敢动就打死谁！"

大麻子一看是康治安，结结巴巴地问道："这……这……这是……怎么回事？"

这时，站在康治安旁边的游击队长说："缴枪不杀，八路军优待俘虏。"就这样，康治安与游击队员将大麻子和炮楼里的伪军全都抓了起来，并缴获7支步枪、1挺机枪、2门小炮。临走时，康治安还放了一把大火，把炮楼给烧了。

除汉奸、夺电话、毁炮楼……这些抗日故事像神话一样在当地传开了。老乡们说："听都没听到，王二小就给刺死了！看都没看见，电话机就给飞走了！见都没有见着，王八壳（炮楼）就给捣毁了！八路军里真有神人！"

与此同时，康治安的行动也引起了驻娘子关日军的警觉，他们派警备队对康治安暗中进行监视。火车站工友得知后，纷纷劝康治安离开娘子关，但康治安坚持留下来，想为抗日再尽一份力。

1943 年秋，就在康治安被批准加入党组织之际，由于叛徒出卖，康治安不幸被捕。日军将他押到阳泉宪兵队监狱，施以种种酷刑，企图让他供出正太铁路党的地下组织和八路军活动的有关情况，但康治安始终不向敌人屈服，他正气凛然地对审讯他的敌人说："既然你们已经抓到了我，就随你们的便吧！要想从我嘴里得到东西，那你们看错了人！"

日军费尽心机，却一无所获，恼怒之余，残忍地将年仅22 岁的康治安杀害了。

也是这一年的秋天，被编入 386 旅 16 团的铁路工人接到前往延安执行保卫任务的命令。10 月 23 日，他们在途经洪洞县韩略村时，听说日军一个车队要从此经过，于是他们立刻制定伏击方案，待日军车队进入伏击圈后，他们如猛虎下山一样冲进车队，展开激烈战斗，不到半个小时便把车上的100 多个日军战地观摩团成员击毙。这次伏击导致华北日军参谋和指挥系统一时陷入混乱，但也有不少已经成长为革命战士的铁路工人在此次伏击战中牺牲。

他们为了抗日战争的胜利，献出了自己的生命。

与敌人不断斗争的铁路工人，不仅有加入铁工队的、参加游击队的、隐蔽在敌人眼皮子底下的，而且还有加入其他抗战队伍的。比如，加入牺盟会的铁路工人，他们也与敌人进行着一次次较量。铁路工人徐子彬，就是他们中的代表。

二十五、牺盟会中的铁路工人

山西牺盟会的骨干力量和中坚分子，大多是中共山西地方党组织的党员或入党积极分子。1937 年夏秋之际，为了响应中共中央和毛泽东发出的"为争取千百万群众进入抗日民族统一战线而斗争"的号召，牺盟会派遣大批牺盟特派员到山西各地开展组织建设、抗日武装建设和改造阎锡山当局旧政权等工作，以及宣传发动更多的民众团结起来，共同抗日。尚未加入党组织的特派员，在经过审查和培养后，被发展为中共党员。他们在各县、乡、村开展工作，为抗日战争全面爆发后，八路军奔赴山西抗日前线、建立敌后抗日根据地创造了有利条件。

在风起云涌的抗日救亡运动中，不少铁路工人也加入牺盟会，其中有一名工人叫徐子彬。

徐子彬原名徐政国，曾用名徐文甫，1914 年 2 月出生在交城县燕家庄一个贫苦的佃农家庭，10岁开始在燕家庄上小学。尽管他的外祖父不断给予他资助，但是因家境穷困潦倒，徐子彬数次中断学业。12岁时，徐子彬一边给别人家放牛，一边靠自学完成了小学课程。2年后，他考入米家庄高等学校，在校期间成绩优异。毕业后，徐子彬先后在鱼儿村和杨家沟村担任小学教员。

1933年，徐子彬考入太原新民中学，但没过多久，因家庭拮据，他还是失学了。第二年秋天，徐子彬到太原同蒲铁路机务段当了一名工人。

山西铁路工人受革命思想影响较大，觉悟性都比较高。徐子彬来到机务段后，很快受到感染，点燃了他心中的爱国之情。

1936年初，红军东渡黄河到山西，宣传抗日救亡主张，徐子彬深受影响，更加坚定了抗日的决心。同年秋天，他与几名工友加入刚刚组建的牺盟会，进入党领导下的太原军政训练班学习。不久之后，徐子彬加入中国共产党。

1937年4月，鉴于徐子彬的优异表现，牺盟会派他到祁县某连队任政治工作员。他深入连队学员中开展深入细致的教育工作，并宣传党的抗日主张和抗日民族统一战线政策，把全连学员紧紧地团结在党的抗日民族统一战线旗帜下。当时，连队干部的成分比较复杂，一些连长、排长都是从国民党部队过来的，他们身上还保留有旧军官、旧军阀的坏习气，徐子彬极其反对。一次早操，一名学员因做错了一个动作，排长便对其又打又骂，并对该学员罚跪。面对这种情况，徐子彬当即指出："这种现象在人民的抗日军队里是绝不能容忍的。"随后，徐子彬便发动全连学员罢操罢课，以此对排长的军阀作风表示抗议。他的行为不仅在全连，甚至在其他连、团也引起了很大反响。这次罢操罢课行动，让连队里一些旧军官、旧军阀的坏习气得到了遏制，大大地提高了共产党政治干部的威信。

之后，徐子彬在连队发动学员带头加入共产党创建的山西新军——抗日决死队。不久，他在第二纵队担任 2 营 8 连指导员，后又调任政治保卫队指导员、2 营教导员。在这段时间，他在连队里发展新党员，建立党支部，加强部队的思想教育工作，保证了共产党在连队的领导地位。

1938 年初，日军南下占领了南同蒲铁路。徐子彬随部队从洪洞、赵城一带转入敌后，开展抗日游击战争，主要任务是破坏敌人的铁路交通和通信线路，同时伏击敌人，以阻断敌人的运输。

刚开始，徐子彬带着大家把钢轨上的螺丝拧掉，将钢轨拆除下来投到汾河里，但这并不能有效阻止敌人利用铁路掠夺物资和军事运输，因为日军很快便能将拆除地段的钢轨恢复。思来想去，徐子彬凭借自己在铁路上工作的经验，组织大家将钢轨连同枕木一起拆掉，再 180 度大翻转。这样一来，钢轨变了形，日军一时无法修复，铁路被彻底破坏，日军的运输也因此受到影响。与此同时，徐子彬还带着大家砍断铁路两侧的电线杆，砸碎杆上的瓷瓶，破坏敌人的通信设备，并把割下来的电线送到我军驻地用于通信。

除此之外，徐子彬还多次带领部队在白龙村、苗凹里一带伏击由霍县城出来抢夺百姓财物的日伪军，并且针对自己带领的部队装备差、新兵多、射击瞄不准的问题，给战士们悉心指导战术，传授经验。他告诉大家："打起仗来不要害怕，要沉着冷静，要瞄准三点一线。听到敌人的子弹啾啾地响，说明子弹飞得很高，离自己远；如果是清清楚楚的声音，就说明子弹离自己很近了，要见机行事，大意不得⋯⋯"他的这些经验，让战士们受益颇多。

有一次，徐子彬按照上级命令，带着部队埋伏在汾河西岸的一座山头上，准备袭击敌人，解救一批被日军抓捕的民工。谁知敌人诡计多端，为防止八路军伏击，先派出一辆装甲车进行侦察，接着用机枪向两侧扫射一阵，然后让民工在前、士兵在后向伏击地段走来。徐子彬一看，通知部队待民工过去后，再向敌人发起攻击，由于战士们平时训练有素，作起战来个个勇敢，所以成功解救了民工。

1939年8月，徐子彬被调到决死二纵队4团政治部敌工科任科长。12月，阎锡山发动十二月事变，徐子彬从晋西南转战晋西北，参加了反击阎锡山妄图消灭新军的斗争。1940

年 1 月，徐子彬担任决死二纵队独立支队队长兼政委。不久，他又根据党的指示，回到交城、文水一带，一边组织扩军、筹粮等工作，一边开展抗日游击战。在徐子彬的影响下，交城县米家庄、东葫芦一带的年轻人踊跃加入抗日军队的行列，扩军任务进行得很顺利。

1940 年夏，徐子彬再次奉命深入敌占区，开展平川地区的对敌斗争，并按照上级指示，与当地党组织在沙沟村成立了交城县抗日民主政府、决死二纵队 4 团联合办事处。

1941 年 1 月，徐子彬担任交城县抗日民主政府秘书兼敌占区五区区长，正式由部队转到地方工作。为了在敌占区工作方便，他化名徐文甫。不久，在一次组织运粮工作中，由于特务告密，徐子彬被捕入狱。面对敌人诱他投降的各种伎俩，他在狱中团结难友并开展了绝食斗争，直至组织派人来营救。出狱后，徐子彬继续开展抗日活动。

另外，还有一些铁路工人，经过党组织的培养和考验后，潜伏在敌人内部，为抗战提供各种情报。傅子干和他的工友，就是这支特殊队伍中的一部分。

二十六、红色尖兵

　　日军占领山西后，大同境内的平绥铁路被严密封锁，为了从日伪内部获得重要情报，并在铁道线上安全护送革命同志通过，与同蒲、正太、白晋铁路一样，大同地区的一些铁路工人被共产党发展为情报人员，这些人员以非凡的聪明才智同敌人进行斗争，从而获取情报。大同铁路警务段的傅子干便是当年大同地下情报小组的一员。

　　傅子干是大同阳高县小石庄村人，1939 年 5 月，八路军 120 师 359 旅 718 团转战至山西雁北地区的桑干河畔，从六棱山经秋林村沿桑干河向河北岸一路挺进，来到了傅子干的家乡。

　　八路军对群众和蔼可亲，所宣传的抗日救国道理通俗易懂，群众百听不厌，都喜欢与他们接近。傅子干同样喜欢八路军，常常到 718 团听战士们讲革命道理。

八路军战士给傅子干讲得最多的是穷人为什么穷，为啥小小年纪受苦却吃不饱穿不暖；日本鬼子为什么要侵略中国，人民如何做才能不受欺负的道理。这些革命道理深深地教育和启发了傅子干，他认识到，只有共产党领导的八路军才是救国救民的好军队，才是穷人翻身得解放的大救星。这也成为傅子干后来参加革命的启蒙教育。

此时，日军的"三光政策"使傅子干家乡的许多百姓家破人亡，流离失所。傅子干决心投身革命，为打败侵略者尽一份力。

1942年，傅子干来到大同铁路警务段工作，利用警察的身份，收集平绥铁路和大同城内的情报，并及时传递给雁北情报站。

第二年春天，中共中央北方局社会部指定傅子干为大同情报组组长。在做好大同情报传递任务的同时，傅子干还在铁路工人中陆续为我党发展情报人员。5月，傅子干被安排训练新警员。他通过观察和谈心，陆续发展了刘永财和焦义等多名铁路警员。接着，又发展了大同火车站的数名工人。

大同火车站外有一家旅店，之前曾是解放区人员来大同的一个落脚点，可由于敌伪人员经常来敲诈勒索，旅店的生意很不好做，因此店主准备出售旅店。傅子干得知这一消息后，很想把这家旅店盘下来作为大同地下情报组织的联络站，但当时党组织经费困难，傅子干手头也没钱，于是他便去求助那些平常相处较好、同情革命、有抗日决心的铁路工友。
铁路工友听了傅子干的想法，很快便凑够了这笔钱，将旅店
盘下来。从此，旅店正式成为大同地下情报组织的联络站，
成为我方人员来往于敌占区和解放区间的秘密联络点。之后，
傅子干又推荐许多铁路工人从这里走上革命道路，共同抗击
日本侵略者。

二十七、在延安

　　纵观当时烽烟四起的山西大地，铁路工人抗日的身影无处不在。1938 年初从风陵渡过黄河前往延安的山西铁路工人，这一时期也通过自己的努力，在延安、陕甘宁边区起着模范带头作用。

　　将 115 师先遣部队运到原平的许中新等人，是最早前往延安的一部分铁路工人。

　　1938 年 3 月初，同蒲铁路被日军逐步占领后，许中新和工友将机车、车辆转移到风陵渡，在黄河岸边目睹溃败的国民党军、大量的伤员和潮涌般的逃难百姓，心中十分难受，更为家乡的沦陷而痛心。

　　"不管怎样，火车决不能留给日本鬼子！"许中新和大家经过商量后，撞毁了机车，烧掉了车辆，并把一些器材抛进黄河，然后乘船离开山西。

到了河对岸后，他们经临潼前往西安，找到八路军设在西安的办事处，向办事处的工作人员说明自己的情况。

办事处经过了解，得知许中新和王力、韩秉镛、范友韩、段鹤恣、席道宣、霍延年等人都是从山西过来的铁路工人，于是安排他们到陕西三原县中共中央举办的安吴堡青训班职工大队参加培训。

在安吴堡青训班培训一段时间后，许中新和大家动身前往延安。300多公里的路途中，他们一边赶路，一边唱着刚学会的"流亡三部曲"中的《离家》：

泣别了白山黑水，

走遍了黄河长江，

流浪，逃亡，逃亡，流浪，

流浪到哪里？

逃亡到何方？

……

哪里是我们的家乡？

哪里有我们的爹娘？

……

谁使我们流浪？

谁使我们逃亡？

谁使我们国土沦丧？

谁让我们国家灭亡？

来、来、来，来、来、来，

我们休为自己打算，

我们休作各人逃亡，

我们应团结一致，

抗战到底，

打倒日本帝国主义，

争取中华民族的解放。

……

就这样，他们一路走，一路唱。十几天后，他们终于到达革命圣地延安，开始新的学习。

在延安学习期间，许中新和工友们没有向任何人提起自己运送八路军上前线的事，因为在他们心中，每一名铁路工人在国难当头之际都会做出这样的选择。

一天，一位八路军首长从山西回到延安开会，在人群中一眼就看到了身材魁梧的许中新，于是上前热情地说道："小许，你们真的来延安了，来了就好！"身边的同学看到许中新与这位首长认识，都很羡慕，纷纷围上来询问缘由。许中新这才告诉同学们，八路军将士北上抗日，是山西铁路工人开着火车送到前线的，自己也担负了运送任务，所以见过这位首长。

与许中新同住一屋的是毛泽东的堂弟毛泽青，当毛泽青弄清楚事情经过后，禁不住给许中新他们这些铁路工人竖起大拇指，其他同学也连连夸赞："没想到山西铁路工人立下这么大的功劳。"

在延安，还有许多从山西来的铁路工人，他们在学习和锻炼中，成为生产骨干。其中，有一位叫赵占魁的工人，他的事迹在陕甘宁边区广为流传，甚至还被毛泽东誉为"中国式的斯达汉诺夫"。

赵占魁出生于 1896 年，定襄县人。他自幼家境贫寒，12 岁时就给人当雇工、做苦力，17 岁学打铁。1916 年，赵占魁先后在太原铜圆厂提炼部当学徒，在太原兵工厂做苦工。1935 年，南同蒲铁路开通，赵占魁到介休火车站修理厂当了一名火炉工。

1937 年卢沟桥事变爆发后，赵占魁和工友一起加入运送抗日队伍和保护难民转移的行列中。太原失守后，日军向南侵占介休，介休火车站的工人向临汾、侯马撤退，赵占魁和大家一起撤退到侯马，后又撤退到风陵渡。1938 年 3 月，同蒲铁路被日军完全占领，赵占魁和一部分工友过黄河到了西安，适逢中国共产党在安吴堡创办的青训班正在西安招收有志抗战的工人学员，于是赵占魁和工友们报名进入该训练班学习。7 月，他们随职工大队到达延安，进入抗大职工队学习。其间，由于赵占魁踏实肯干，给大家留下很好的印象。

1938 年 12 月 20 日，赵占魁被批准加入中国共产党。

1939 年初，由于敌人封锁，抗日根据地出现经济困难，在抗大学习的学员只能靠高粱、黑豆、野菜、树皮生活。为了打破敌人的封锁，解决生活困境，抗大决定将学习和生产结合起来，自力更生，开展大生产运动。2 月 9 日，罗瑞卿在全校大会上做生产动员报告，要求全校师生开垦荒地 2 万亩，生产粮食 6600 石，缝制单衣和棉衣 5000 套，鞋、袜若干，且学校所需肉菜由全体师生共同解决，并提出共产党员要做生产运动的先锋。

毛泽东也为抗大开荒生产题词："现在一面学习，一面生产；将来一面作战，一面生产，这就是抗大的作风，足以战胜任何敌人！"

春天到来的时候，抗大组织开荒突击运动，到处是热火朝天的劳动场景。很快，从延安开展起来的大生产运动逐步向陕甘宁、晋冀鲁豫、晋西北等抗日根据地扩展。5 月，在延安桥儿沟工人学校学习的赵占魁被编入建设队打铁部。

抗大开垦荒地需要大量劳动工具，赵占魁到打铁部后，根据自己在介休火车站工作时积累的经验，提出开炉灶自己打工具。接着，他召集了几个工人，垒起 3 个炉子，半个月就打出 200 把镢头和 300 把锄头。不久，陕甘宁边区政府为了发展生产，在延安温家沟创办了陕甘宁边区农具厂，赵占魁主动请求到边区农具厂当一名工人，每天在化铁炉旁挥汗如雨，翻砂铸铁。特别是夏天，他穿着厚厚的工作服在上千度的熔炉旁一干就是 12 个小时，每天最早出工，最晚收工。

有一次，赵占魁在铸铁中不慎碾碎了手指骨，大家劝他去医院包扎、休息，但他忍着痛，用另一只手坚持劳动。还有一次，赵占魁在炼铜时，坩埚突然破裂，上千度的铜水泼溅在他的右脚上，脚面立刻被烧成焦黑一片。得知这个消息后，中共中央职工运动委员会书记邓发和延安各单位的同志到中央医院看望他，并让他安心治病，可赵占魁没等脚伤痊愈，就返回了农具厂，还把各单位送给他的慰问金全部捐给了抗日前线的战士。

随着生产运动的蓬勃开展，农具厂的任务也逐渐增加。为了提高产品质量，赵占魁潜心钻研化铁技术，解决农具制造中的难题。最开始，1 斤焦炭只能化开 1 斤铁，赵占魁经过反复试验后，终于掌握了用 1 斤焦炭化 2 斤半铁的办法，成品的损耗率从之前的 60% 降到 25%。

由于赵占魁吃苦耐劳、热爱生产，农具厂自上而下都对他信任有加，并推举他为翻砂股股长。赵占魁担任翻砂股股长后，看到用 30% 的焦炭面翻出的犁铧表面不够光滑，便尝试改用 30% 的石炭面。这样一来，不仅降低了成本，翻出的犁铧还光滑好用。其间，赵占魁还发现，由于工厂化铜的罐子都是用坩土自制的，一个罐子只能化两三次铜，于是他反复研究，经过改进，使一个罐子可以化 6 次铜，使用率提高了 1 倍以上。有人问他怎么总能想出这么多好办法，赵占魁说："工厂是公家办的，我是个党员，工厂也是我的，应该尽力爱护它。"1939 年底，赵占魁被陕甘宁边区政府树为模范工人。

1940 年 10 月，朱德到陕甘宁边区的工厂考察工作，之后在《中国工人》第 10 期上发表了《参观边区工厂后对边区工人的希望》。朱德在文章中指出："边区的工人，正负担着重大的任务。这个任务是什么？这个任务就是坚持自力更生的原则，从经济上建立现在八路军和新四军巩固的后方，建立未来的新中国的模范区域的基础。这是一个光荣而伟大的任务。边区工人应当勇敢地把这个任务负担起来，首先在发展经济建设的工作中，成为边区人民的模范。"接着，朱德对边区工人提出五点希望，其中第一点就是希望在中国工人队伍中出现许多苏联的"斯达汉诺夫运动者"。

朱德的文章发表后，陕甘宁边区总工会率先响应这一号召，决定在陕甘宁边区广大职工中开展生产劳动大竞赛。在这次竞赛中，赵占魁获得甲等劳动英雄奖章。

1940—1942 年，是陕甘宁边区最困难的时期。日本侵略者加强了对敌后抗日根据地和解放区的进攻，实行了疯狂的"三光政策"，而国民党 90 万大军此时也包围了陕甘宁边区，切断了物资来源。于是在工业上，毛泽东号召"工业品自给自足"。也就是在这一时期，赵占魁的模范事迹引起了陕甘宁

边区总工会、中共中央西北局、中共中央职工运动委员会和
毛泽东的重视。

　　1942 年初，胡宗南向陕甘宁抗日根据地发起进攻，情况
万分紧急，中央军委命令工厂在短时间内造出 10 万枚手榴弹，
保证打击敌人之用。赵占魁接受任务，加紧生产，受到表扬。
1942 年五一劳动节前夕，赵占魁的事迹被《解放日报》刊登。
毛泽东看了报纸后，立即给中共中央职工运动委员会书记邓
发打去电话说："平时我听说你们要找斯达汉诺夫，赵占魁同
志就是中国式的斯达汉诺夫。你们把他的优点总结起来，树
立标兵，推广到各工厂、各生产单位去。"

　　1942 年 9 月 11 日，《解放日报》发表了《向模范工人赵
占魁学习》的社论，社论写道："赵占魁在执行生产任务上、
爱护革命财产上、照顾工厂生产上、关心群众利益上、遵守
劳动纪律上、团结全厂职工上、热心公益事业上，所有这些
表现出来的精神，都是我们边区公营工厂工人的模范。在他
的工作作风中，一贯表现出来的始终如一、积极负责、老老
实实、埋头苦干、大公无私、自我牺牲的精神，也正是我们
新民主主义地区公营工厂工人所应有的新的劳动态度。这种
新的劳动态度是宝贵的，值得大大发扬的，值得我们来学习
的。我们希望全边区有千个万个像赵占魁一样的模范工人涌
现出来。"

　　1942 年 9 月 13 日，新华社著名记者张铁夫、穆青通过

采访，发表长篇通讯《赵占魁同志》。10 月 12 日，陕甘宁边区总工会遵照毛泽东的指示精神，向各工厂发出向赵占魁学习的通知。

在毛泽东、朱德、张闻天等中央领导同志的高度重视下，在各级党政及工会组织的大力推动下，在广大职工群众的积极参与下，学习赵占魁的运动从陕甘宁边区迅速推广到了晋绥、太行、太岳、晋察冀等抗日根据地。

由于赵占魁工作表现突出，在陕甘宁边区 1943 年和 1945 年召开的两次劳动英雄大会上，他被授予特等劳动英雄和工人旗帜的称号，受到了毛泽东、周恩来、朱德等中央领导同志的接见，朱德称赞他是用革命者态度对待工作的"新式劳动者"。同时，赵占魁还被选为陕甘宁边区第三届参议会参议员和中共七大候补代表。

在延安，与赵占魁一样被授予特等劳动英雄称号的，还有一位来自山西的铁路工人，他的名字叫韦荫秀。

韦荫秀又名韦福祥，1917 年 11 月出生于河北省正定县许香村一个贫苦农民家庭，父亲韦风岗是一名有着深厚家国情怀的人，做事深明大义，果敢坚强，对韦荫秀的成长产生了一定的影响。

由于家里人多地少，生活困难，韦荫秀无钱上学，八九岁时便到地主家打短工，过着吃不饱、穿不暖的生活。为了生存，1933 年，16 岁的韦荫秀随父亲到正太铁路做工，每天搬运石子、枕木、钢轨，解决温饱。1935年，南同蒲铁路通车后，韦荫秀到侯马火车站做了一名道班工人，并很快成为一名业务熟练的工人。

1936年4月，红军东征，红一军团到侯马一带宣传党的抗日主张，发动群众打土豪、斗地主，同时筹集军饷、补充兵员。韦荫秀看到红军纪律严明，秋毫不犯，所到之处，除恶霸、分田地，为受苦民众谋福利，从心底里产生了对红军的热爱和向往，多次与红军战士接触。

1937年9月初，八路军三大主力北上抗日，在侯马火车站乘车前往抗日战场期间，韦荫秀再次见到昔日的红军。为了保证115、120、129师的将士们尽快抵达抗日战场，韦荫秀和工友们担负起保证铁路畅通的任务。不久，日军得知八路军北上的路线，派飞机对南同蒲铁路进行轰炸，企图拦截铁路工人运送八路军上前线。在敌人的狂轰滥炸中，韦荫秀和工友们日夜坚守在铁道上，随时抢修被炸断的铁路，有力地保证了八路军三大主力开赴各个战场。

山西沦陷后，韦荫秀到了西安，经八路军西安办事处处长武云甫介绍，他到安吴堡青训班学习，系统地学习了社会科学、三民主义、抗日民族统一战线等抗战基本理论和操场动作、武器使用、步兵技术、游击战术等军事课程，这让他的思想、理论、军事水平和工作能力都得到了很大提高，为今后的发展打下了良好的基础。

3个月的学习结束后，表现突出的韦荫秀作为干部培养对象，被选送到延安中央党校学习。

抗日战争时期的延安中央党校，是专门培养党的领导干部的学校，被人们称为"红色摇篮""革命熔炉"。韦荫秀非常珍惜这次学习机会，学习了哲学、政治经济学、联共（布）党史、中国近代史、中国基本问题等课程。

由于韦荫秀严以律己，勤奋好学，1938年8月，他光荣地加入中国共产党，并得到副校长谢觉哉的关注和赞扬。学习期间，谢觉哉亲自和他谈话，指导他学习文化知识，亲笔为他书写练字用的"仿影子"，并时常鼓励他："好好练习，天下无难事，只怕有心人。只要你坚持下去，一定能取得成功。"

韦荫秀在党校学习了一年多间，1939年底毕业，留在学校收发科工作。一切听从党的安排，党叫干啥就干啥，是韦荫秀恪守的信条。在收发科，韦荫秀认真勤勉，之后他又分别被派往卫生科、管理科、总务处、中山（三台庄）农场工作，担任科长、指导员等职务。几年下来，他从一个目不识丁的普通铁路工人，成长为一名有文化、有思想、有坚定信仰的共产主义战士。

1942年2月1日，随着一批新学员入学，中央党校在小礼堂举行开学典礼，毛泽东给大家做动员报告。下午2点多，毛泽东身穿灰色棉大衣，迈着矫健的步伐走进礼堂。延安没有电，开大会做报告全凭高声喊话。中央党校的扩音设备需要用手摇发动机带动，俗称摇马达。为了保证新学员都能听清毛泽东的讲话，中央党校安排韦荫秀在后台负责摇马达。

一连3天，毛泽东每天都会抽出半天时间到中央党校给新学员讲课。每当这时，韦荫秀都会在后台全身心地摇马达，使台上毛泽东的每一句讲话，都能洪亮地传到台下。摇马达很累，但韦荫秀想到毛泽东为人民、为抗战的胜利殚精竭虑，浑身就充满了劲。

此时，由于日军的残酷"扫荡"和国民党的军事、经济封锁，陕甘宁边区的财政、经济面临极为严重的困难。中央党校师生的生活和学习用品非常紧张，每天基本只能吃小米和黑豆，一周才能吃一顿白面，青菜更是少之又少。为了渡过难关，中央党校响应党中央和毛主席发出的"自己动手，丰衣足食"号召，从教师到学员，人人都拿起锄头，开荒种地、养猪放羊、纺线织布，掀起了大生产热潮。

1942年8月，韦荫秀受中央党校委派，到南泥湾中山农场，开荒垦荒，挖沟修渠，带着大家开展大生产运动。

为了表彰在大生产运动中涌现出来的英雄模范，进一步调动广大军民的积极性，党中央和陕甘宁边区出台了一系列关于评选劳模、奖励先进的政策。1944年底，中央党校召开群英代表大会，评选出特等劳动英雄48人，韦荫秀与赵占魁名列其中。

二十八、黎明到来前夕

　　陕甘宁边区大生产运动如火如荼地开展之际，1944年，八路军向敌人占领的城镇和交通运输线连续发起冬季攻势。在局部反攻中，仅太行、太岳、冀鲁豫军区就歼灭日伪军7.2万多人，解放国土6万多平方公里；晋察冀军区歼灭日伪军4.1万人，晋绥军区解放村庄3000多个37万多人。12月15日，毛泽东发表《1945年的任务》，指出在世界反法西斯战争取得很大胜利和明年打倒希特勒可以实现的形势下，我们唯一的任务是配合同盟国打倒日本侵略者。在大后方，必须组织和动员一切力量，警惕投降主义，援助爱国民主运动。在沦陷区，必须组织广大人民在时机成熟时，举行武装起义，配合人民军队里应外合地驱逐日本帝国主义。

　　此时，处于沦陷区的山西铁路工人，依旧在不同的岗位上战斗着。

1945年1月16日，在太原列车段工作的赵俊宝刚到单位，就被告知晚上有一项重要值乘任务，且为了保密，接下来他不得与任何人接触。

赵俊宝不到20岁，1942年到铁路工作后，他与工友李寿增——潜伏在太原南站的一名共产党员成为好朋友。在不断的接触中，李寿增常给他讲一些抗日救亡的大道理，赵俊宝也利用在车上工作的便利，帮李寿增传递一些文件或信物，以及护送一些革命同志往返于阳泉和太原之间。

赵俊宝每次帮李寿增办完事之后，李寿增都会鼓励他："只要我们能够自觉为抗战做点事，就是对打败日本鬼子尽到了一份力量，这次你又立了功。"在李寿增的影响下，赵俊宝每完成一次任务，心里都觉得甜丝丝的，感觉自己这个穷孩子能为抗日出力是件很光荣的事情。

这一次，赵俊宝隐隐感觉到当晚的值乘任务，一定与日军的高级官员出行有关。果不其然，经过侧面打听，他得知晚上有一部分伪县长和驻太原的日军一部分中上层要员将乘坐火车去北平开会。于是他将这一情报夹在饭盒中，想办法让一名正要下班且同样具有抗日热情的工友带了出去。

北岳二地委城工部接到这一消息后，想到潜伏在敌人内部的另一名内线人员近日曾反映的一条线索：在伪山西省教育厅任首席顾问兼学务专员的铃木川三郎少将的孩子前两天在玩耍时，无意中曾跟别人提到最近要去一趟北平。北岳二地委城工部很重视这一情报，分析铃木川三郎可能要去北平，于是派人把情报紧急送往太行军区。

与此同时，在寿阳火车站，同样的情报也被一名叫张子亮的铁路工人得知并送了出去。

张子亮是寿阳站的一名扳道夫，日军占领正太铁路后，他与没有来得及撤退的工友在日军监视下，悄悄为抗日根据地传递情报，包括日军每天通过铁路运送的部队数量、武器装备等情况，他们都通过联络站送到抗日根据地。

就在赵俊宝接到晚上要值乘一趟重要列车任务的同一天，张子亮发现自己所在的寿阳站，敌人一下子增加了许多岗哨，而且巡逻的装甲车也由平时的每天两趟，变为全天巡逻。炮楼里的伪军也出动了一大半，严格盘查每一个过往行人。

这种反常迹象，引起了张子亮的注意。他决定侦查清楚具体原因，于是利用换班时间，装作若无其事的样子，到火车站行车室打探情况。果然，他从传达命令的调度电话中得知一个重要消息，当晚将有一趟军用特许列车从寿阳站经过，太原的大太君要乘坐这趟列车去北平参加华北军事会议，各火车站要把信号、道岔、线路检查一遍，保证这趟列车安全通过。

张子亮获知这一情报后，他悄悄离开行车室，来到火车站外的一个杂货铺。这个杂货铺是正太铁路地下总工会的联络站，张子亮将情报迅速告诉了杂货铺的掌柜、联络站一名姓赵的同志。

当天下午，这个情报便被转送到了太行军区，军区党委结合从太原传来的情报，经过研究，决定派二分区一支武工队去拦截这趟列车。

率领这支武工队的队长，是太行军区赫赫有名的杀敌英雄赵亨德。他接到任务后，便带着队员马不停蹄赶到寿阳站附近，并和一名队员化装后潜入火车站，在车站东闸口扳道房里与张子亮接上了头。

张子亮在寿阳站工作了二三十年，对周围的地形了如指掌，他向赵亨德建议，武工队的伏击地点最好选在寿阳与芹泉两站之间一个形似葫芦口的地段，因为那里不但离敌人炮楼远，而且两侧全是山岭，便于隐蔽。尤其是火车从山外拐进葫芦口后，便再无退路，是打伏击最理想的地点。

赵亨德十分赞同这个建议，他正准备离开，张子亮又指着铁道北边的一座山头说："你把部队先隐蔽到那里，夜间注意看我的信号灯。"赵亨德随即带着队员向北边山头方向转移。

张子亮安顿好一切后，又找到一名叫刘天保的巡道夫，把夜间的行动计划告诉了对方，让他提前把破坏铁路的撬棍、扳手等工具准备好。刘天保也是铁路工人抗日队伍中的一员，听了张子亮的计划后，毫不犹豫地答应了下来。

当天晚上，正巧张子亮值班，他守在电话旁，焦急地等待着消息。午夜时分，电话铃声突然响了起来，随之传来调度命令，那趟军用特许列车已从太原出发，再有两个小时就要经过寿阳。

张子亮掌握准确消息后，出门高高举起绿色信号灯，朝北边山头的方向上下示意。等待信号的赵亨德看到后，知道列车已经从太原出发，于是带领武工队悄悄地靠近葫芦口一段的铁道线。

此时，刘天保在飞雪中已神不知鬼不觉地将破坏铁路使用的工具运到了葫芦口处，积极配合武工队拧开钢轨上的螺栓，抽掉连接处的夹板，拔出枕木上的道钉，并用撬棍把两根钢轨拨成"八"字形。

准备妥当后，刘天保和武工队退到离铁道线一箭之远的地方，爬在雪地里，等候列车的到来。

午夜时分，列车即将接近葫芦口地段，清冷的旷野里，传来赵俊宝和工友们在车上一次次拉响的汽笛声。虽然赵大宝他们并不十分清楚太行军区的队伍会在哪一地段设伏，但是他们相信今夜定会有行动，所以一路上每过一个隘口、坡道，他们都会格外警惕，多次鸣响汽笛，以便提醒埋伏在铁路旁的抗日队伍。

埋伏在葫芦口地段的赵亨德、刘天保等人，也听到了由远及近的汽笛声，他们知道，载着铃木川三郎等日军中高级要员的列车就要驶入他们的伏击圈了。

每个武工队员都子弹上膛，手榴弹打开后盖，做好了战斗准备。刘天保虽然没有枪支和手榴弹，但是他也把一根撬棍紧紧攥在手中，在他眼中，这就是铁路工人与敌人拼杀的武器。

寒夜中，列车开进了伏击地段，随即轰的一声，车头冲出轨道，翻滚进路旁的壕沟里，接着后面的一辆辆车厢也翻倒在地。

就在车上的日军还没弄清楚发生了什么事情的时候，埋伏在雪地里的武工队员一拥而上，冲向列车，进入车厢。寒夜中，枪声、手榴弹的爆炸声频频响起。刘天保和从火车站跑来的张子亮也跟着大家冲进了战斗的人群。

这次伏击，共打死、打伤日军60多人，缴获敌人重要文件8000多份，还有许多军用物资，并活捉了日军高级要员8人，其中就有铃木川三郎。

此时，抗日战争全面爆发已近8年。其间，无数的铁路工人或在运送八路军的途中抛洒热血，或参加革命队伍走上战场，或在敌人的眼皮子底下进行暗中斗争，或在大后方投身劳动生产，但无论他们身处何处，都无不与全国人民一样，期盼抗战胜利的这一天。

而胜利之日，也正朝这些铁路工人，朝所有不畏强暴、英勇与侵略者作战、坚决捍卫国家主权与领土完整的中国人民走来！